Benoît Reiss

GUEULE DEMI

Roman

FUGUE

DU MÊME AUTEUR

Romans et récits

O'YU, UN ÉLOGE DE L'EAU CHAUDE, avec Anne Leloup, *Esperluète éditions*, 2021

LE PETIT VEILLEUR, *Buchet Chastel, «Qui Vive»*, 2019

MAINS D'HERBES. HISTOIRES D'UN JARDIN JAPONAIS, *Esperluète éditions*, 2019

NOTES DÉCOUPÉES DU JAPON, avec Junko Nakamura, *Esperluète éditions*, 2018

SVETLANA, *Cheyne éditeur*, 2018

L'ANGLAIS VOLANT, *Quidam éditeur*, 2017

UNE NUIT DE NATA, *Esperluète éditions*, 2016

AUX REPLIS, *Cheyne éditeur*, 2015

GESTES COURTS, *Éclats d'encre*, 2012

COMPAGNIE DE JOSEPH TASSËL, *Cheyne éditeur*, 2009

L'OMBRE DE LA FABLE, *Cheyne éditeur*, 2004

Poésie

UN DÉDALE DE CIELS, *Arfuyen*, 2022

LA VOIX ENDÉMIQUE, *Maintien de la Reine*, 2019

Albums jeunesse

LE BONHEUR, avec Pierre-Emmanuel Lyet, *A2Mimo*, 2022

AUX ORIGINES DU MONDE, avec Alexios Tjoyas, *Albin Michel Jeunesse*, 2004

À mon amie, Ma Ju

Elle se glisse sous les couvertures, plonge son corps dans le creux du matelas, se recroqueville, bras serrés autour de ses jambes, et aussitôt la voilà échappée entre des montagnes jusqu'à leur sommet – flèche de bleu et de blanc –, elle file à travers le rayonnement des voies ouvertes autour d'elle, rejoint d'un bond les falaises qui bordent la mer, retourne en direction des terres, traverse les vallées, les plaines, les champs, les villages, les villes.

Elle remonte le cours des lumières et des ombres, le cours des jours et des nuits, elle accompagne la fuite des soleils, ils disparaissent en un clin d'œil, feux brefs, carnavals rougis. Elle accompagne aussi les nuages, comme ils se font et se défont, comme leurs corps se pressent et s'enroulent contre la paroi de l'atmosphère. À leur suite, elle découvre la montée des nuits accompagnées des lunes et des étoiles ; ces dernières grimpent puis se renversent en graines d'or sur la coupole immense.

Les gens de Maindon et des villages alentour la surnomment l'Envolée. *Ils racontent que son corps, enfermé dans sa chambre, est capable de voler. Sans doute les gens font-ils semblant d'y croire comme ils font semblant de croire aux contes. Pourtant, si l'Envolée pouvait, elle leur dirait que tout est vrai, elle leur dirait qu'à cet instant, alors qu'elle se tient immobile, repliée dans la cavité tiède de son matelas, elle est aussi sur la route entre Vizan et Maindon, elle vient de se poser sur l'épaule de l'homme – voici, si elle le pouvait, ce qu'elle dirait aux incrédules.*

Maintenant, elle est tout près de lui – l'homme au visage crevé, appelé Gueule demi –, *elle est attentive à ses tremblements, attentive aux secousses, aux failles qui se forment sans cesse au-dehors et au-dedans de lui, attentive encore aux plaies qui s'ouvrent continuellement en lui tandis que d'autres se referment et que, sous la peau cicatrisée, le sang à nouveau se relance.*

1

L'Envolée est auprès de lui de cette façon silencieuse, attentive, présence qui donne opacité, ombre portée, et elle l'entend prononcer pour lui seul
Bleu.

Il l'appelle *Bleu*, même s'il sait que ce n'est pas un nom, ce n'est pas un véritable nom. S'il allait au bureau des baptêmes et déclarait, dans la grande salle qu'il imagine, avec le greffier en face de lui, assis devant son registre ouvert sur la table, s'il déclarait
il s'appelle Bleu
le silence qui suivrait serait réprobateur. Bleu n'est pas un nom. On refuserait.

Pourtant il l'appelle *Bleu.* C'est le premier mot qui lui vient quand il le découvre, ou plutôt quand il découvre depuis la route de Vizan à Maindon, sur la pente dans le long tournant, la tache bleue sur le tas de bois coupé.

La tache bleue est une couverture et Bleu est à l'intérieur, emmitouflé, engoncé là-dedans, il pense, comme un jambon dans un torchon. Il soulève un coin du tissu et voit Bleu minuscule, endormi, poing serré contre sa tempe. Il retrouve de cette couleur sur la toute petite joue ronde tournée vers lui, un bleu carné, violet un peu, piqué de rouge léger, qui brille dans le soleil blanc. Sur la lèvre du haut aussi, au-dessus, sous le nez, des ombres bleues. Il regarde le visage enveloppé dans la couverture comme une coiffe d'Orient, Bleu dort, sur ses paupières, sur son front le soleil ne le réveille pas.

Ces paupières, c'est un étonnement, sur elles surtout il s'arrête. Il ne saurait dire, il ouvre une main et la met sur le côté de la tête de Bleu, de façon à le protéger de la lumière, et il regarde les paupières un long moment, les deux fermées au-dessous du front bombé, petites comme tout dans ce visage, elles tremblent, s'agitent, pourtant restent fermées ; elles désignent, sous la peau fine, les images des rêves, les bousculades dans le sommeil.

Bleu parce que la tache sur le tas de bois, vue depuis la route retour de Vizan, lui fait penser, naturellement, à cette autre fois, lointaine, il était encore presque enfant, où il a vu du bleu, une tache encore, et que sa vie en a été changée. Il accompagnait le Maître. Ils étaient descendus depuis le plateau jusqu'aux bords du fleuve large et gris, ils avaient suivi les eaux lentes, étaient allés de poste en poste dans la direction du sud. Puis deux jours plus tard, à l'aube, il a ouvert les yeux. Il a vu les scintillements du soleil, il faisait des écailles de lumière sur les pins, il brillait d'une façon qu'il ne connaissait pas, il a pensé à des gouttes suspendues, des éclats retenus dans les branches, les aiguilles, le vert sombre. Et soudain, il a aperçu, entre les arbres, une tache bleue.

Il venait de se réveiller dans les cahots de la voiture, la joue contre la vitre, une mèche de cheveux emmêlée dans la ficelle qui retenait le rideau, et dès qu'il a ouvert les yeux, regardé dehors, il a aperçu, dans la course, au travers d'une trouée entre les pins, en contrebas, loin, il a aperçu les scintillements, le feu éblouissant sur la peau bleu sombre, presque noire. Aussitôt cela a été repris, le rideau des arbres a caché la vision. Cela a été bref, un éclat, mais c'est resté en lui avec une violence inattendue, un coup qui lui a laissé la gorge sèche, une sensation étrange de caresse et de manque, une amertume douce. Il venait de voir, pour la première fois, la mer.

2

Plus tôt aujourd'hui, sur la route entre Vizan et Maindon, l'apparition sur la pente lui a rappelé la mer vue, brève, cette première fois. Lui a rappelé aussi tout ensemble ces deux mois passés avec le Maître dans les régions du Sud.

Ces deux mois ont été pour lui les jours de nombreuses premières fois. Dans le bleu impromptu, apparu sur la pente dans le tournant de la route, ce sont des souvenirs par dizaines qui viennent le surprendre, le piquer en mille endroits, son corps repris de frissons au rappel des odeurs, des choses vues, caressées, des lumières et d'une peau, de la chair de poule sur cette peau brune, des gouttelettes d'eau glissées sur un bras, sur une épaule, du creux à la naissance du cou, des cheveux épais aux reflets rouges dans le soleil du soir, des yeux, de la bouche, des pièces de cuivre reposées sur les seins, lui reviennent le bleu et le gris d'un ciel, la course rapide des nuages au-dessus des arbres et de la rivière, le corps nu près de lui, les jambes allongées dans la clarté, la toison brune, dense, douce sous sa paume, sous ses doigts, la chaleur humide plus bas, l'intérieur de la faille tendre, la peau ferme des cuisses, rougie par endroits, une joue qui se penche, appuie contre sa main. Maintenant sur la pente, près du tas de bois, le regard posé sur Bleu endormi, ces sensations revenues traversent sa poitrine en sources vives.

Ça a été le même étonnement, ce bleu de la mer et celui-ci maintenant, le bleu de la couverture sur le tas de bois.

Sans réfléchir, il a quitté la route, il est monté sur la pente, son sac à l'épaule, il est allé jusqu'à l'orée de la pinède et là il a vu la forme, le corps emmitouflé. D'abord il n'a pas su que c'était un corps, celui d'un tout nouveau-né, il s'est approché, a soulevé avec beaucoup de précaution le tissu, une laine rêche aux bords effilochés, *un tissu pauvre* il a pensé, et il a découvert le visage rond, si petit, le visage de Bleu endormi.

Quelle idée de laisser ainsi un bébé seul, sans surveillance, en équilibre sur un tas de bois, il pourrait rouler, tomber, se faire mal, il suffit d'un peu de vent, le corps est si léger ; il pense tout cela et regarde autour d'eux s'il ne voit pas quelqu'un, une présence, la mère ou le père ou une autre personne qui serait près d'ici ou plus loin, qui se serait éloignée un moment et reviendrait. Il ne voit personne. Il appelle
y a quelqu'un ?
regarde partout autour, sous les ombres dans la pinède, plus haut sur la pente, au-dessous dans le pré de l'autre côté de la route, sur la route dans la direction de Vizan, dans la direction de Maindon
hé ho ! Y a quelqu'un ?

Les yeux de Bleu s'ouvrent soudain, ronds de surprise. L'autre pose alors son sac contre le tas de bois, appuie la main sur la couverture et la poitrine menue, il sourit à l'enfant. Sous sa paume, le petit corps s'agite un peu, il sent l'étroite cage thoracique, il serre un peu plus fort les doigts autour de la poitrine, que Bleu n'aille pas rouler et se fracasser le crâne contre le sol. Les os sont sensibles sous la pression de sa main, les côtes qu'il sent frêles, la courbe dure au centre du thorax, par-dessus le cœur ; celui-ci bat doucement, ralenti. L'enfant referme les yeux, sa minuscule main repliée près de sa tempe. Il se rendort.

3

Bleu de la couverture et bleu de la mer. Celui-ci sombre, profond, bercé de vagues, d'écume, de pointes blanches, éclats du soleil levé. Ce bleu sur la pente, qui se révèle un lit d'enfant, est comme celui de la mer, comme lui réduit, à peine remarquable parmi le paysage. Ainsi la mer quand elle a apparu, entre sa trouée brève, était sans majesté. Il ne l'a pas découverte après une longue marche, passé des dunes ou un bois de pins, il ne l'a pas vue, la première fois, étendue infinie, dos immense, animé, élevé jusque contre un ciel glorieux. Non, mer et couverture ne sont rien d'autre que des taches infimes, insignifiantes. Bleus presque rien.

Pourtant, brève et insignifiante, cette vision première de la mer a tordu quelque chose en lui, déplacé une volonté, un désir, il ne sait pas. Si ç'avait été dans sa nature, il aurait employé, peut-être, ce mot gros, pesant, de *destin*, il aurait dit

cette tache bleue de la mer a changé le cours de mon destin.

Jusqu'à cette apparition et ce voyage dans le Sud, il était enfant grandi, jeune adolescent, né et vivant à Barzacq, sur le plateau. Cinq années durant, il avait été pensionnaire la semaine à l'école Saint-Éloi de La Faye. Le reste du temps, il habitait dans la maison du Maître, garçon à tout faire, à courir sur les landes du matin au soir, et les nuits parfois, à préparer les repas, à tenir le potager, à faire les marchés, couper le bois, tisonner le feu, jeter les cendres en tas contre la clôture, laver le sol, les murs, les fenêtres, soigner le Maître et l'assister quand il emportait une toile, accompagner la vieille fierté du Maître qui se déclarait alors le premier dans toute la région à avoir *peint sur le motif.* Lui suivait le vieil homme sur les chemins et les sentes, l'écoutait pérorer, portait toiles, mallettes et chevalet, tout l'attirail des pinceaux et des couleurs.

Il ne s'en souvient pas, bien sûr, mais le Maître l'a recueilli quand il était encore très petit. Plus tard, il a entendu l'histoire : enfant d'octobre, déposé au portail de l'hospice de Saint-Louvain, à l'extérieur de la ville, ce matin-là le moine l'avait presque écrasé, il ne l'avait pas vu avec toutes ces feuilles que le vent avait poussées et qui le recouvraient, c'était le plein automne, à croire que l'enfant avait fait exprès de s'enfouir. On lui avait souvent répété cette histoire de feuilles mortes, de lui caché dessous, c'était un signe, cela voulait dire qu'il serait un enfant secret, il ne voudrait pas se faire remarquer, il préférerait rester seul, chercherait les coins d'ombre, à l'écart, passerait des heures solitaires à dessiner dans la poussière, à enrouler une tige d'herbe à ses doigts.

Le moine avait fini par remarquer quelque chose remuer sur le sol. Il s'était baissé, l'avait trouvé emmitouflé dans un linge. Depuis combien de temps était-il là, près du portail ? Il était réveillé mais il ne pleurait pas, il ne semblait pas avoir faim ni soif, il paraissait ne pas avoir froid – *un déjà-gaillard* avait déclaré le moine. Il n'y avait aucun mot attaché à son linge, seulement un prénom, cousu au revers.

L’événement avait eu lieu deux mois plus tard. Une fin d’après-midi, à la nuit tombée, on avait frappé au portail de l’hospice. C’était le Maître. Il était venu de Barzacq à pied. Il était couvert de neige.

Il avait demandé à parler à l’abbé. Tous les moines s’en souviennent, ils étaient sortis de leurs cellules pour voir l’homme traverser le couloir, ça chuchotait sur son passage – que venait faire ici le peintre de Barzacq ? Que voulait-il ?

Deux heures après, il était sorti de l’entretien. Les moines se passaient le mot : le peintre voulait obtenir la garde du très-petit. Il avait appris sa découverte sous les feuilles d’octobre, l’histoire avait fait le tour du plateau. L’abbé l’avait interrogé, le peintre n’avait rien voulu avouer – *il n’y a rien à dire mon Père, je veux seulement l’enfant.* Il voulait l’adopter parce qu’il se faisait vieux, il aurait bientôt besoin d’une aide, d’un soutien, d’un *bâton de vieillesse.* Il voulait une compagnie. *Est-il bien humain de vivre tout à fait seul ?* Et qu’adviendrait-il de cet enfant s’il ne venait pas vivre à Barzacq avec lui ? Ne serait-il pas envoyé loin d’ici, dans une région inconnue, à des centaines de kilomètres de Saint-Louvain ? Lui s’en occuperait. Quand l’enfant aurait l’âge, il l’enverrait au pensionnat, veillerait à ce qu’il apprît à lire et à écrire, il lui enseignerait les rudiments pour vivre le plus saintement dans ce monde violent et sans miséricorde. Il lui trouverait de l’activité, en ferait son assistant. Le peintre avait promis de faire toutes les démarches nécessaires pour obtenir la garde du petit.

Bien sûr, cette demande avait fait jaser – pourquoi vouloir prendre en charge cet enfant en particulier ? Il y avait du mystère. Des gens croyaient savoir la raison, elle était fort simple, on connaissait les habitudes du peintre, son existence, on se lançait des clins d'œil en évoquant certaines de ses «leçons de dessin». Ses élèves ne savaient pas tenir un pinceau mais elles grossissaient à vue d'œil.

Quatre mois après sa découverte sous sa cache de feuilles, l'enfant allait vivre à Barzacq, dans la maison du Maître.

4

Longtemps plus tard, il y a eu le voyage dans les pays du Sud.

Il se souvient, main contre l'étroite poitrine de Bleu, quand il a vu la mer, une sensation s'est logée en lui, bestiole infime aux pattes fines et légères mais coriaces, têtues, attachées fort ; c'est ici qu'il voulait vivre, ici qu'il devait vivre, au bord de la mer. Pourtant, deux mois plus tard, il est monté dans la voiture retour avec le Maître, ils sont rentrés à Barzacq où il a repris son existence de garçon à tout faire, courses par les landes, sous les vents, dans les neiges, à travers la burle et l'incendie des bruyères et des genêts, heures passées oisives au bord des routes et sur les roches où il aimait monter (il aime toujours cela, monter pour voir plus large le paysage autour), l'adolescence et les années de jeune homme aux travaux et aux songes, ses mains qui caressaient la mousse noire des pierres, les écorces, et l'image en lui, chaque fois qu'il en avait le temps, le loisir, de la tache bleue de la mer. Ce désir, bestiole en lui, chaque jour grandissait. Il retournerait là-bas, il aurait un jour une maison et quand il sortirait de chez lui, depuis le seuil il verrait la mer.

À la mort du Maître, il y a eu partage des biens. D'abord, on a pensé que ce ne serait pas grand-chose, mais les tableaux trouvaient des acheteurs sur le plateau et plus loin, parfois, dans les villes. Le nom du Maître avait eu de l'écho, un homme est même venu de Lyon jusqu'à Barzacq pour voir de plus près le travail, les toiles peintes sur le motif, les paysages et les scènes de campagne. L'homme a déclaré que le Maître avait sans aucun doute un œil pour les lumières et les couleurs de l'ombre. Un héritier, cousin lointain, vivant à l'autre bout du pays, près des côtes du Nord, a été découvert, à qui est revenue une partie des possessions du Maître, ainsi que tous les tableaux entassés, accrochés dans la grande pièce à l'arrière de la maison. Le reste était pour lui, selon les dernières volontés du Maître. Celui-ci n'avait pas d'enfant, dans le village on disait qu'il en avait peut-être, sûrement, ici ou là, dans l'une de ces fermes du plateau où l'on voyait des femmes et des hommes qui ne ressemblaient pas du tout à leur père. Ces enfants dissemblables faisaient jaser dans le café, sur le parvis du temple et sur la place, il y avait des rumeurs, elles traversaient Barzacq comme des bourrasques. À la disparition du géniteur, les rumeurs se taisaient, les feuilles et la poussière retombaient sur les pavés des rues.

5

À l'enterrement du Maître, peu de monde est venu, quelques voisins, trois amis et autant de femmes, le curé et deux enfants de chœur. Et devant lui, un large vide quand la boîte de bois sombre a été descendue dans le trou de terre, recouverte par deux hommes en bras de chemise.

Après le coup au café, les anecdotes racontées, les mains frottées au-dessus des alcools (il faisait encore un froid piquant en ce milieu de mai), après aussi cette question innocente, un peu ivre du voisin le plus proche du Maître, un paysan

mais dites : il peignait donc de si jolies choses ?

et les rires qui ont suivi, gênés un peu puis bientôt plus francs, après de nouveaux verres commandés, pour saluer comme il fallait la mémoire du grand peintre, après encore que chacun lui a dit un mot, un salut sur le seuil du café, avec des mines tristes, défilé d'yeux brillants et joues couperosées, chacun chapeau en main, dans l'air froid du soir, souliers battants, après il est rentré seul à la maison. Le jour se terminait dans des jeux de couleurs sur le ciel, contre les monts sombres, la dentelle des pins, il étirait des rouges, des violets. À l'horizon, un bleu lointain. Quand il est arrivé à la maison solitaire, les arbres, leurs branches, leur feuillage étaient déjà dans la nuit.

Le Maître avait écrit un testament et lui laissait une somme d'argent, son matériel de peinture, une partie des meubles et la maison. Le lendemain de l'enterrement, il est allé chez le notaire pour dire qu'il souhaitait vendre le terrain, la maison et tout ce qu'il y avait dedans. Avec la somme gagnée, ajoutée à l'héritage, il voulait retourner dans le Sud. Plusieurs jours de suite, il a fait des calculs, des additions et des soustractions, attablé de longues heures dans la pièce principale, les tiges d'herbes montaient contre les fenêtres basses, la terre courait vers l'été. Il calculait, réfléchissait, il pourrait vivre vingt mois, peut-être plus sans avoir besoin de travailler, il aurait le temps de voyager dans les régions du Sud sans s'inquiéter de rien. S'il ne dépensait pas trop par semaine, il pourrait peut-être même vivre une année entière et, en sus, acheter un lopin de terre là-bas, au bord de la mer. Il avait les mains moites, son visage le brûlait quand il pensait que c'était possible, que ce n'était pas un rêve, il avait assez d'argent pour partir vivre dans le Sud. Il recommençait cependant ses additions et ses soustractions, bénissait souvent le Maître de lui avoir appris à faire les calculs, il griffonnait de nouveaux chiffres, de nouvelles prévisions, puis levait les yeux de sa feuille, regardait les nuages nombreux, assemblés très bas dans le ciel, les premières gouttes s'écraser contre les vitres, la pluie de juin.

Il regardait aussi le seul tableau du Maître qui restait dans la maison, accroché sur le mur de pierres face à lui, entre les deux fenêtres, un paysage du plateau, un étang gris, argent, à peine ridé, pris entre des montuosités brunes sous un ciel bleu pur, étiré seulement de nuages blancs, une vision étonnante qui devait sans doute être d'hiver mais d'où irradiait, on ne savait comment ni pourquoi, une chaleur d'été.

Ce tableau, il l'a emporté dans le Sud, avec le matériel de peinture ; il est maintenant accroché sur le mur du fond de sa cabane, face à la porte, face à la mer.

6

Par-dessus l'épaule de l'homme, l'Envolée voit le petit s'agiter dans sa couverture. Il ouvre les yeux, elle et l'homme contemplent sa tête ovale et nue, le duvet sur le crâne, les sourcils si blonds qu'ils disparaissent sur la peau, ils voient sa bouche pincée. Bleu d'un coup lance la main en avant comme par réflexe, comme pour attraper quelque chose qui volerait juste au-dessus de lui, et sa bouche s'ouvre dans un long bâillement ; l'homme, penché, le regarde et s'étonne qu'un bâillement puisse être si long chez un être aussi petit. La bouche de Bleu se tord drôlement et il remarque la chair rose pâle, scintillante – les gencives.

Cela fait peut-être trente minutes, peut-être plus, qu'il est là, debout près du tas de bois, une main posée sur Bleu allongé dans sa couverture. Et personne ne passe, personne ne se montre. Le petit et lui sont seuls ici, sur la pente, au bord du long tournant, entre Vizan et Maindon. Le soleil a baissé et les ombres sont plus longues. De l'autre côté de la route, depuis les arbres qui ferment le pré, l'obscurité avance, elle grandit et l'air se rafraîchit. Il ne reste bientôt plus qu'un couloir de jour, une voie de clarté dans laquelle ils se tiennent Bleu et lui, une trouée de lumière qui, lentement, s'assombrit, prend une couleur d'or, envahie chaque instant par de nouveaux vols d'insectes.

Sur une pierre plate, près de lui, il voit deux sauterelles bleues, deux retardataires dans la fin de ce jour d'automne.

Elles se tiennent immobiles l'une à côté de l'autre, l'une plus grosse que l'autre. En les regardant bien, il s'aperçoit qu'elles ne sont pas tout à fait immobiles, leurs antennes frémissent, deux fils tendus, lancés droit vers le soleil qui tombe, vers la dernière chaleur. Leurs ombres sur la pierre sont infiniment plus grandes qu'elles.

Cette fois, Bleu est tout à fait réveillé, son front se plisse et sa bouche ne cesse de s'ouvrir et se fermer, se tordre et se pincer. Lui décide d'appeler encore, mais en prenant soin de mettre une main en cornet et de ne pas gronder trop fort pour ne pas effrayer le petit, il appelle
hé ho, y a quelqu'un ?
Y a quelqu'un ?
Hé, il y a un enfant ici ! Vous entendez ? Il y a un bébé ici, sur le tas de bois !
Vous m'entendez ? Quelqu'un m'entend ?

Bleu, alors, commence à pleurer, doucement d'abord puis très vite plus fort. Il le soulève, toujours enveloppé dans sa couverture, et le prend dans ses bras, il le pose contre sa poitrine. L'enfant se calme. Il lui passe une main sur le dos, le frotte pour le réchauffer mais très doucement, sans lui faire de mal puis, quand les hoquets de Bleu sont tout à fait calmés, il écarte de lui le paquet léger de laine, le tient à bout de bras. Il voit alors à quel point ses yeux sont noirs, deux astres de nuit, pense-t-il, deux rondeurs prises dans un court liseré blanc, deux ovales plutôt, noirs sans aucune nuance. Mais, alors qu'il approche Bleu de lui, de son visage, et redresse doucement sa tête, il remarque que ses yeux ne sont pas parfaitement noirs, ils ne sont pas deux astres, comme deux pierres, deux roches dans le cosmos du visage, ils sont en réalité deux galaxies ; il fixe les yeux de Bleu, ils sont deux galaxies vraiment, à l'intérieur de quoi s'animent des tracés, des étoilements clairs venus des profondeurs, des stries jaunes, vives, des trajets de couleurs qui naviguent au-dedans, viennent de loin, de très loin depuis le fond des iris et des pupilles, glissent et se montrent, traits filant à la surface, aux bords des yeux, avant de se retourner et disparaître dans la nuit, aussitôt remplacés par d'autres existences, des frétillements neufs.

7

Que faire ?

Il a appelé il ne sait combien de fois mais il n'a eu aucune réponse, et il n'a vu personne. Maintenant le soleil est presque tout à fait couché, il auréole rouge sombre les cimes des arbres de l'autre côté de la route. Dans quelques instants, le jour sera tout à fait en allé.

La pente où ils se tiennent, Bleu et lui, est envahie par les premiers moments de la nuit. Le froid vient lui aussi, avec les ombres. Debout près du tas de bois, l'enfant serré contre sa poitrine, il frissonne. Il ne voit presque plus la route, en bas, elle brille claire, à peine, à chaque instant son tracé s'évanouit, disparaît dans le noir.

Pour ce qu'il comprend, Bleu a été abandonné. Il en est de plus en plus certain, avec la nuit qui gagne, avec la solitude sur la pente et tout autour d'eux, sur la route, sur les prés, dans les sous-bois, et en même temps que cette certitude, il sent monter une colère en lui, elle fait incendie dans son ventre et sa gorge – *quelle saloperie !* Laisser un bébé à cet endroit, sans surveillance, le déposer comme un linge, un objet dont on veut se débarrasser, le jeter sur un tas de bois à l'écart, puis s'enfuir, l'abandonner au milieu de rien, au milieu des bêtes sauvages et de tant de dangers. S'il ne l'avait pas vu, s'il n'avait pas décidé de grimper la pente pour voir ce qu'il y avait là, à l'endroit de la tache bleue, dieu sait ce qu'il serait arrivé au petit. Il serait mort de froid, aurait été emporté et dévoré par une bête. Debout sur la pente, avec la nuit qui vient, qui prend les choses autour, il sent sa colère grandir, il serre les dents et les poings contre le petit corps de Bleu, mais il prend bien soin de ne pas l'étouffer entre ses bras, de ne pas lui faire de mal.

Sa colère fait un souffle de forge en lui, il voudrait attraper les salauds qui ont abandonné Bleu ici, sur la pente, sur le tas de bois, il voudrait les tenir – ici, maintenant –, il voudrait les tenir par le col et les secouer d'insultes, les emmener de force tout au bord des falaises et menacer de les balancer dans le vide, les envoyer contre les rochers, dans la mer, il imagine leurs corps disloqués tout en bas, sur les pierres noires, dans les embruns, et sa colère se calme, doucement sa colère se calme comme il sent les pieds de Bleu battre contre lui, sous son sein, les pieds de l'enfant qui cognent.

Que faire d'autre sinon emporter Bleu ?

Il se saisit de son sac, le passe sur son épaule, serre les bras autour de l'enfant puis ils descendent la pente, retrouvent la route dans l'obscurité ; il reprend la direction de Maindon. Contre lui, le corps de Bleu fait une chaleur qui pèse un peu. Au-devant, passé le long tournant, sur la route qui redescend et les ravins qui la bordent à gauche, il y a encore de la lumière, il la voit, lame dorée, elle effleure longuement les herbes et la terre.

8

Cette année-là, de la disparition du Maître, août a été brûlant sur le plateau, un feu blanc du matin jusqu'à la nuit. L'Envolée en garde encore la chaleur sur sa peau. La Gavelle, le ru qui passe dans le champ au-dessous de la maison et traverse Barzacq, n'était plus qu'une voie de pierres, un sentier étroit et encaissé que l'homme empruntait les matins pour se rendre chez le notaire et préparer les papiers pour la vente.

Le trente et un du mois, il a vidé les derniers meubles de la maison, la grande table et deux chaises, tout cela monté et attaché avec des cordes sur une charrette par un paysan et ses fils, puis emporté chez eux. La pièce principale était nue désormais, dans un coin il avait seulement étalé une paillasse sur quoi il allait dormir sa dernière nuit ici. Demain, il partirait.

Plusieurs jours avant, il avait réuni le matériel de peinture du Maître, ajouté le tableau, et envoyé malle et chevalet dans une pension, dans le village de Saint-Timon. C'est de là, de Saint-Timon, qu'allait commencer son voyage dans le Sud, à la recherche d'un lieu, d'un toit où s'installer et faire sa vie, sa nouvelle vie. Il avait choisi Saint-Timon parce qu'un voisin, à Barzacq, était de la famille de la femme qui tenait la pension, il lui avait donné l'adresse où écrire, le nom de la propriétaire, l'avait même recommandé ; ses affaires, envoyées là-bas, seraient bien traitées et il aurait sa chambre dès son arrivée.

Le premier septembre, avant le jour, il a quitté la maison du Maître, fermé pour la dernière fois la porte, sans donner de coup de clé car il ne l'avait plus depuis la veille, puis sac au côté, dans quoi étaient réunies toutes ses affaires, il est allé à Barzacq pour attendre la voiture où il avait réservé une place. Le jour venait, indécis, à travers le ciel de nuages.

Par les chemins de terre et de cailloux du plateau, puis bientôt par les routes carrossables, sinueuses entre les forêts et les rochers, il a fini par retrouver la vallée et le fleuve large. Ici, le ciel était clair.

Le fleuve était le même, un peu plus sombre peut-être que dans son souvenir ; il se rappelait son passage ici, sur cette même route, des années auparavant, en compagnie du Maître. Cette fois, il voulait tout voir, ne rien laisser échapper, il collait son nez contre la vitre, regardait les maisons, les grilles, les jardins, les villages sur la rive en face dont les nombreuses fenêtres brillaient dans le soleil, les tuiles rouges qui jaillissaient des arbres noirs ; le vieil homme sur un banc de pierre, tout au bord de la route, du côté où sa voiture roulait, assis sous les feuilles du marronnier, son menton posé sur ses mains posées sur sa canne, sa bouffarde dont il avait pu deviner les rougeoiements au passage ; quatre enfants, dans une cour ouverte, qui jouaient aux cerceaux, l'éclat émeraude de la robe de l'une des petites filles ; le tissu usé, éclairci lie-de-vin aux genoux et aux coudes, de la robe noire de cette femme qui se baissait puis soulevait une caisse de bouteilles à l'entrée d'un café ; les ponts et les bateaux à vapeur, longs et minces comme des anguilles, qui descendaient et remontaient le fleuve, un chemin de halage et deux chevaux conduits par un jeune garçon, baguette à la main ; les murs de pierres, de ce côté de la rive, qui débordaient de glycines, de lierre, disparaissaient sous la haie vive ; un pré de chèvres, plus haut, dans une clairière ; des criques sablonneuses parfois, entre les feuillages, le débordement des arbres jusque contre l'eau ; une fois, après un tournant de la voiture, un pêcheur assis sur une caisse, un seau près de lui, et une femme aussi, non loin, son corps penché, blanc, un tissu pressé contre sa poitrine, elle était nue peut-être, il n'avait pas bien vu, elle était dissimulée sous les ombres, sous les arbres. Et le fleuve qui accompagnait sa voiture comme, a-t-il fini par penser, un animal apprivoisé qui l'aurait guidé, lui aurait ouvert l'horizon.

9

Il est arrivé deux jours plus tard à Saint-Timon. Sous le soleil violent, la voiture grimpait un chemin rocailleux, les chevaux haletaient fort en avant, et tout le long il pouvait voir la mer.

Elle était encore là, entre les maisons de Saint-Timon, sa présence resserrée au bout des ruelles en pente, à l'extrémité des rues en escaliers. À chaque croisement, le village accroché à la montagne basculait dans ce bleu.

La mer était à lui désormais, voici ce qu'il a pensé, il ne la quitterait plus, il passerait des heures à la contempler s'il le voulait, certaines fois il détournerait les yeux pour regarder ailleurs, il regarderait les montagnes si proches, le jaune, le gris, le brun des contreforts, les chemins qui escaladent par là, entre les arbousiers, les chênes, les cèdres, les châtaigniers, mais il n'aurait qu'à tourner la tête à nouveau et la mer serait là, bleu fidèle. Ici était son pays, voici ce qu'il pensait, et il avait du mal à retenir ses larmes tant il était heureux, tellement il se sentait comblé. Mais il ne fallait pas qu'il se mît à pleurer comme ça, sans raison, alors qu'il venait d'entrer dans la pension. Les gens qui se présentent les yeux humides de larmes inquiètent toujours, on les considère avec crainte et dédain ; aussi, comme la propriétaire, petite silhouette boiteuse, à l'épaule bossue, le précédait dans la chambre à l'étage de la pension, il faisait bien attention à faire la meilleure impression.

Tout le matériel de peinture du Maître, la malle, le chevalet et le tableau, était joliment rangé dans un coin de la chambre, près de la fenêtre. Avec un grand sourire, les mains enfoncées dans les poches de son tablier fleuri, la propriétaire lui a demandé ce qu'il venait faire à Saint-Timon. Il a répondu avec sincérité, il venait chercher une maison, une cabane, un toit, un lieu pour vivre, ici, dans le Sud, près de la mer. Il ne savait pas encore combien de temps il resterait à la pension, sans doute garderait-il la chambre quelques mois. Il serait sûrement absent la plupart du temps mais il souhaitait la conserver tant qu'il n'aurait pas trouvé d'endroit pour s'installer et vivre. Il voulait profiter de l'automne pour visiter la région, longer la côte. Il promettait de payer les loyers à l'avance. La femme lui a tendu la clé, elle souriait toujours.

Une fois la propriétaire sortie, il a posé son sac sur le lit et a ouvert la fenêtre. Depuis l'étage de la grande maison, il pouvait voir, juste au-dessous de lui, un jardin, une étroite bande de terre où d'innombrables fleurs d'espèces différentes avaient été plantées dans des symétries impeccables. Un sentier de gravier clair s'enroulait avec élégance entre les plates-bandes et, par-delà le mur de pierres, les têtes élancées des pins, les toits de tuiles – le bleu grand, bras ouverts.

10

Avec l'index, il suivait l'itinéraire sur la carte qu'il avait dépliée sur la petite table de la chambre
Saint-Timon, Masdelame, Verion-du-Haut, Symphorien, Sainte-Buiz, Vanelion, La-Pierre-Saint-Christophe, Maindon, Consorce-le-Vieux, Haut-Salon, Bout-Trois-Côtes.

Son doigt allait d'un lieu à l'autre, d'un nom à l'autre, certains notés en gras, d'autres minuscules, à peine lisibles avec leurs caractères penchés qui disparaissaient sous son ongle, il imaginait que ceux-ci devaient être des hameaux, des lieux-dits, deux-trois maisons pas plus au bord du chemin de montagne.
Masdelame, Verion-du-Haut, Symphorien, Sainte-Buiz
ces noms-ci étaient presque effacés, écrits si petit sur la carte. Son doigt poursuivait son itinéraire vers l'ouest
Vanelion, La-Pierre-Saint-Christophe, Maindon, Consorce-le-Vieux, Haut-Salon
les distances s'allongeaient à cet endroit, peut-être faudrait-il compter une demi-journée de marche pour rejoindre chaque village. Il avançait son doigt sur les dessins bruns et sable, il prenait garde à ne jamais s'éloigner de la grande place bleu clair tout à côté, il s'imaginait déjà à pied sur les crêtes, les sentiers, à grimper, redescendre, suivre la voie qu'il avait décidée, les yeux tout le temps sur la mer.

Une journée pour visiter Saint-Timon, village rude, pentu, traversé sans arrêt par les vents venus de la mer, avec ses maisons dissimulées derrière des murs très hauts, qui les protègent des bourrasques. Après un jour à arpenter chaque ruelle, chemin et impasse, les maisons de Saint-Timon lui ont paru enracinées dans la terre et la roche, enterrées profondes pour ne pas être emportées. Et ce vent, sans fin, qui soulevait la poussière et les feuilles, ébouriffait les arbres et penchait les habitants. Comme il traversait la place à l'heure de la sortie de la messe, il voyait défiler les silhouettes noires, courbées comme cédilles en marche dans les nuées rouges. À Saint-Timon, la mer était oubliée, on ne savait plus qu'elle était si proche, quelques kilomètres plus bas, on ne la connaissait plus sous le brouillard qui sans arrêt vous brûlait les yeux.

Il est parti le lendemain, a cousu son argent dans une poche intérieure de sa veste, empaqueté tout ce dont il avait besoin pour le voyage. En lui, pour lui, il appelait ce voyage son *embarquement.*

La propriétaire a été surprise de le voir partir si vite, elle surveillerait bien sûr les affaires qu'il laissait dans la chambre, il trouverait tout bien en ordre quand il reviendrait, elle lui a souhaité bonne chance, bonne route, puis l'a accompagné sur le seuil et l'a salué jusqu'à ce qu'il eût disparu derrière le mur de la pension.

Il a passé sa première nuit dans une bergerie abandonnée, aux planches défaites mais à l'abri des vents. Le lendemain, il a déjeuné chez un habitant de Verion-du-Haut, le vieil homme lui a indiqué le chemin au plus près de la mer, un sentier étroit, non tracé sur la carte, une voie dangereuse par endroits mais que les gens du pays empruntaient tous les jours pour se rendre d'un hameau à l'autre. Il y avait des brèches, des failles, ici et là des éboulis, il fallait faire attention où l'on mettait les pieds mais lui était jeune, en marchant bien il pourrait atteindre Bout-Trois-Côtes en moins d'une semaine.

Trois jours plus tard, à la sortie de Maindon, il a découvert la cabane. Elle se tenait une centaine de mètres au-dessus du sentier, accrochée sur la pente, au milieu d'une clairière fermée de roches du côté de la mer. De grands chênes se blottissaient contre son dos, sa façade de bois noir était percée de trous, crevée à tel point qu'il ne savait où était la fenêtre, car il devait bien y avoir une fenêtre. Il levait les yeux sur elle, sur cette cabane délabrée, presque une ruine, pourtant si belle, tournée droit vers le soleil et la mer, et il a su qu'il était arrivé, que c'était ici.

L'endroit était à l'abandon mais le terrain appartenait à la mairie de Maindon. Le maire a accepté de lui laisser la cabane et le petit pré autour pour une somme très modeste, il lui restait encore assez d'argent pour les travaux et pour vivre quelques mois sans avoir à penser à rien d'autre.

Cette première fois, il a habité trois jours et deux nuits dans la cabane. Il dormait à même le sol, posait sa gamelle sur les pierres plates qui ferment la clairière, il nettoyait, vérifiait l'état des murs, du toit, le plancher, et les matins et les soirs, il contemplait les jeux du soleil sur la grande scène bleue en contrebas, il contemplait la mer exactement en face.

11

C'est en repartant en direction de Saint-Timon qu'il est tombé. Il était très tôt le matin, le jour à peine levé, la mer sur sa droite, dans la déclivité, entre la rocaille et les corps des arbres, paraissait d'un mercure peint de bleu léger ; par endroits de rose pâle, rehaussé d'étendues de clarté. Il avait installé une serrure à la porte de la cabane, vérifié que celle-ci était solide, avait souri en mettant la clé dans sa poche et en pensant qu'il n'y avait rien à emporter, rien à voler là-dedans mais que cette serrure et cette porte fermée signifiaient que ce lieu, désormais, était à lui. Il avait descendu le pré, passé le muret de roches et repris le sentier.

Il pensait aux affaires qu'il allait falloir déménager de Saint-Timon jusqu'ici, à l'arrangement qu'il ferait à l'intérieur de la cabane, au conduit qu'il devrait bientôt installer pour le poêle à bois quand, d'un coup, le sol a disparu sous ses pieds, sous ses jambes ; ce dont il se souvient est le ciel de l'aube en un instant renversé, en un clin d'œil passé par-dessous lui, avec la mer, et la terre, le bord du sentier apparu à l'envers, comme lorsque le corps fait une roue, il n'a pas eu le temps de comprendre qu'il tombait tête la première, qu'il venait de faire un mauvais pas à un endroit où le sentier s'étrécissait, faisait crevasse, qu'il avait glissé ; il se souvient de cette seule image et de celle juste après, la falaise qui défile au-devant de lui, aussi il se souvient d'avoir eu le temps, bref, d'avoir peur – puis plus rien.

Une douleur blanche l'a réveillé, une douleur qui lui prenait le corps entier, le baignait dans un éblouissement insupportable, il n'y avait qu'elle – que la douleur ; après quelques secondes, moins peut-être, il ne l'a plus supportée et la nuit a tout repris.

Il y a eu plusieurs réveils comme celui-ci, dans l'éblouissement, dans le feu continu, le feu blanc partout, dedans et dehors ; puis peu à peu, d'éveil en éveil, l'incendie s'est trouvé traversé de formes brèves, de fibrilles, de bruits aussi, qui lui faisaient mal comme des aiguilles brûlantes passées à l'intérieur de son crâne ; puis la douleur est devenue à son tour moins intense, il y a eu des répits, il a pu reconnaître des figures autour de lui, des visages, il a reconnu des paroles. Une fois, il s'est réveillé dans une accalmie, les choses autour avaient perdu leur flou, il a reconnu une fenêtre au-dessus de lui et, de l'autre côté, le dessin d'un arbre nu, il a reconnu les branches noires lancées sur le fond laiteux, avec une volonté, a-t-il senti, de signifier quelque chose – quoi ? il ne savait pas ; ces branches traçaient une parole qu'il essayait de résoudre, et avec cette question, l'œil fixé sur l'arbre, il a fini par s'endormir à nouveau.

Plus tard – combien de temps, il n'aurait su le dire – on lui a raconté, le garçon qui ramenait ses chèvres et l'avait découvert au bas du ravin, il avait cru qu'il était mort, avait couru à Maindon pour demander de l'aide, des hommes étaient descendus et l'avaient trouvé près de six mètres au-dessous du sentier, assommé mais encore vivant, *c'était miracle*, il avait atterri sur une avancée de terre, un passage étroit, et il n'était pas allé dégringoler plus bas, il avait du

sang partout sur lui, une épaule démise contre une pierre mais surtout, *surtout*, cette bouillie de sang noir, collé, cette bouillie de nerfs et d'os sur toute une partie du visage. Les hommes l'avaient soulevé avec des cordes et emporté chez le médecin – lui, allongé dans le lit, écoutait avec cette impression étrange, tout le temps, qu'ils parlaient de quelqu'un d'autre, d'un accident qui était arrivé à un autre que lui –, le médecin lui-même avait déclaré *c'est miracle* en découvrant son visage, toute la partie gauche arrachée depuis le menton jusque sous l'arcade sourcilière, le cerveau n'avait pas été touché, seulement la joue partie entière, dans sa chute il avait dû cogner fort contre une roche et s'entamer la peau jusqu'aux os, même l'œil gauche était intact, le coin seulement était crevé, creusé d'un trou et l'œil, resté en place, montrait maintenant un peu de sa rondeur blanche quand on regardait son profil. Et ce mot que tous répétaient
c'est miracle, c'est miracle !

Il y avait d'autres blessures que le médecin avait découvertes après avoir nettoyé et pansé son visage et mis une attelle à son épaule, une cheville brisée et trois côtes fêlées, il avait eu une chance de miraculé de n'être pas tombé droit sur la tête, de ne pas s'être transpercé le ventre ni la poitrine, il avait perdu beaucoup de sang mais l'artère faciale n'avait pas été touchée ; il écoutait ces explications mais celles-ci se perdaient parfois, tombaient dans des puits de douleur qui s'ouvraient sans prévenir, lui emportaient la tête et le corps entier.

Sur le lit, il grognait, gémissait, on ne pouvait pas toujours lui faire prendre la purée ni l'eau de la coupelle. Sa bouche était ouverte du côté gauche, pendant plusieurs semaines elle n'avait pas pu se refermer tout à fait, quand il ouvrait trop large la mâchoire, la plaie saignait abondamment. Les premiers sons qu'il avait articulés avaient été comme de crin, éraillés, il avait la voix rouillée, traversée de souffles et de bulles de salive, il avait imaginé qu'il ne pourrait jamais plus être compris. Ça avait été des jours et des nuits en enfer avec, aux heures de veille, la seule compagnie de la douleur.

12

Un matin plus calme, où les couleurs paraissaient être revenues (l'arbre par la fenêtre était brun, son tronc couvert de très petites taches claires, et le ciel, en arrière, montrait des nuances de bleu), le médecin, assisté de deux infirmières, est venu lui ôter le bandage qui lui enveloppait le visage. Le contact de l'air sur sa peau libérée lui a fait une sensation comme un feu allumé loin, une chaleur sentie dans la distance, une rougeur sur tout son visage. Quand il fermait les paupières, il sentait un pincement et sans cesse, les premiers jours, son œil gauche se remplissait de larmes, elles le brûlaient quand elles dégringolaient, il sursautait parfois parce que ces brûlures, fils chauffés à blanc, semblaient pénétrer à l'intérieur de sa joue, traverser la surface de chair, de muscles, de nerfs et d'os et aller brûler au-dedans, à la limite, sentait-il confusément, de son cerveau, de sa mâchoire, de sa gorge, de sa langue. Il se sentait le visage ouvert, sans protection, il n'osait pas le toucher et quand, par réflexe, sa main, ses doigts allaient sur lui, il les retirait aussitôt.

Un soir, il a demandé un miroir, il a dû répéter plusieurs fois le mot *miroir* parce que ses *r* bavaient, ne roulaient pas, étaient inaudibles. L'infirmière a d'abord refusé, pourquoi si tôt un miroir, il y avait bien le temps, surtout que la plaie était encore joliment vilaine mais dans quelques jours la peau reprendrait sa couleur, elle se retendrait aussi, cela aurait une apparence plus normale, plus saine. Il a attendu

que l'infirmière ait terminé de parler et il a répété à travers ses lèvres décharnées, dans un souffle
s'il vous plaît je veux un miroir.

L'infirmière est sortie de la chambre, une minute plus tard elle revenait un petit miroir rectangulaire entre les mains, les bords en étaient piqués, tachés de noir, la surface couverte de traces calcaires. Elle le lui a tendu, il l'a pris et l'a levé à hauteur de son visage.

Quoi devant ses yeux? D'abord, il n'a pas compris. Dans quel sens? Où le bas – où le haut? Il regardait la chose dans le miroir, il comprenait que c'était un visage là devant, du moins quelque chose qui comportait des traces, des souvenirs de ce que devait être un visage ; ce qu'il avait devant les yeux était un reflet éclaté à l'intérieur de morceaux de miroir tombés dans la boue ; ce visage avait été déchiré, puis mélangé, mis dans le désordre, mais des pièces, semblait-il, avaient été oubliées.

Il a reconnu des yeux et tout ce qu'il y avait autour – cils, sourcils, paupières, cernes, ceux-ci très visibles, rouge profond, violacé, enflés – ; il a reconnu un nez mais sans certitude car celui-ci, droit à la racine, se mettait à tourner, à se tordre, à s'ouvrir comme il s'allongeait vers en bas, découvrant, sur tout un côté, un gouffre ; le nez s'épatait largement, s'aplatissait, disparaissait en une coulée ouverte dans la chair noire et rouge, ridée, rosâtre, violette. Au-dessous, la bouche suivait la voie inverse, tordue elle aussi mais vers le haut, relevée et crevée dans un rictus d'où apparaissaient l'enroulement sanguin de la langue et les petites rondeurs nacre, brillantes des trois molaires.

Il a fermé les yeux un long moment, les a rouverts, a regardé encore, essayant de déchiffrer la forme devant lui, dans le reflet qui tremblait ; ce ne pouvait être vrai, ce ne pouvait être son visage, tout ce côté disparu, cette crevasse de chair nue, sanguine, striée de fibres, de blanc, de cartilage, cette crevasse, boursouflée par places, qui ne répondait plus à l'autre côté où l'on reconnaissait un visage intact ; il lui a fallu du temps pour comprendre le sens de ce qu'il avait devant les yeux, ce visage ouvert, devenu moitié, creusé d'une béance de tendons et de chair veineuse, malaxée.

Il ne pouvait supporter davantage le reflet, il a reposé le miroir sur ses genoux, il a tourné la tête vers le mur de la chambre, vers la fenêtre et l'arbre ; il attendait un signe du monde extérieur parce que le dehors était, lui, inentamé, entier, il avait conservé son intégrité, le dehors n'était pas troublé, dérangé par la vision qu'il venait d'avoir. Calme maintenant, reposé dans le lit, les yeux tournés vers la fenêtre, l'arbre et le ciel, le poids à peine sensible du miroir contre ses genoux, il attendait le signe qui confirmerait que tout allait, naturellement, redevenir comme avant.

13

Il a fallu se rendre à l'évidence, rien ne redeviendrait comme avant. Jour après jour, le visage dans le miroir restait le même avec son trou à la place de la pommette et de la joue, cette béance qu'une grande main aux doigts méchants avait creusée sous l'œil jusqu'au menton, comme dans une terre glaise. Ce visage à moitié enfoncé était le sien, serait désormais le sien. Les chairs à l'intérieur se plissaient, se resserraient, prenaient lentement une teinte unie, prune, sous son oreille au lobe coupé il y avait un creusement chaque jour plus net, la bouche cicatrisait.

Les gens qui le rencontrent remarquent d'abord le gouffre dans son visage, ensuite le coin décharné de la bouche, à gauche, le rictus, la grimace, le sourire tordu de chair retroussée, de gencives, de molaires à nu, ils ne peuvent retenir un mouvement de recul. Lui s'habitue, comme il s'habitue au surnom qu'on lui donne à Maindon et dans les villages voisins – on l'appelle « Gueule demi ». Ce sont les enfants les premiers qui l'ont surnommé ainsi, ce sont eux qui ont le plus peur en le voyant, ils se le montrent les uns aux autres, se donnent des coups de coude, se lancent des clins d'œil, chuchotent bouche contre oreille, se racontent des histoires, les plus grands, parfois, poussent les petits dans sa direction et cela les fait hurler de terreur, ils pleurent, ils tremblent, les plus grands ont des rires cruels ; jamais, pourtant, ceux-ci n'osent le regarder en face.

Les premiers temps, les dévotes se signaient à son passage, les gens ne s'habituaient pas encore à son apparition, à son faciès déchiré. Il y a eu des racontars sur son compte, il était l'objet de superstitions, les gens parlaient d'un monstre. Les premiers temps, certains disaient qu'il était responsable de malheurs, on l'avait menacé, une pierre avait été lancée contre lui.

Un après-midi de juillet, trois années après l'accident, il a croisé un groupe d'enfants qui jouaient sur la place, dans l'eau de la fontaine ; parmi les rires et les cris, il a surpris une voix adolescente

hé vous autres, regardez qui vient : Gueule demi !

Il n'était pas sûr d'avoir bien entendu mais les jours, les semaines suivantes, quand il allait près des tables du café, s'approchait des attroupements, il surprenait parfois les mots lâchés

tiens – voilà Gueule demi !

Ce nom était devenu le sien dans le pays, les gens l'appelaient « Gueule demi » dans tous les villages de la côte, de Sainte-Buiz à Haut-Salon, aussi dans les villages des terres, de Vizan à Labris, jusqu'à Val d'Aunesse.

Les premières fois, il se trouvait blessé par ce « Gueule demi », il n'en voulait pas de ce « gueule » qui le rappelait à l'animal, il n'en voulait pas non plus de ce « demi » qui le châtrait, le rendait moins qu'un homme entier, il serrait les dents, serrait les poings au fond de ses poches. Mais depuis que le nom lui avait été donné, il remarquait que les gens étaient moins craintifs, moins troublés par sa présence, par la monstrueuse béance qu'il portait au-dessus de son col, certains s'arrêtaient pour causer, prendre de ses nouvelles, et quand ils s'adressaient à lui, ils ne détournaient plus les yeux.

Un matin, le cafetier de Maindon, bras levé depuis l'autre côté de la place, l'a salué

hé, bonjour Gueule demi !

et dans cet appel il n'y avait pas de méchanceté, aucune intention de blesser ; Gueule demi, simplement, était devenu son nom.

14

Les seuls à ne pas avoir peur de lui, quand il les rencontre, sont les bêtes et les nouveau-nés. Eux acceptent son visage crevé comme une chose naturelle, aussi simple et attendue qu'un visage entier.

Bleu se réveille dans ses bras, ouvre les yeux sur lui, le regarde longuement, déchiffre sa présence si proche comme il le ferait pour une autre apparition nouvelle. Il penche la tête dans un effort de concentration, il paraît se rappeler une chose qu'il a déjà vue, il sort un bras de sous la couverture, tend la main, doigts écartés, pour saisir ce qui est au-dessus ; lui le soulève entre ses bras, redresse le petit corps maintenant à hauteur de son visage, les doigts alors avancent, passent sur la joue pleine, sur l'arête du nez, entrent dans l'enfoncement, sur la peau grêlée, caressent la chair fripée, granuleuse, durcie, s'attardent sur les aspérité, les tendons, les creusements qu'il y a là, lui sent les doigts de Bleu qui font une danse, vont et viennent sur la blessure comme s'il y avait là une douceur, les doigts ne s'en détachent pas.

Ils approchent du sentier de côte. Pour le rejoindre il faut maintenant couper la route, traverser une haie serrée de buis, suivre un sous-bois au sol couvert d'aiguilles de pin dans quoi ses pieds s'enfoncent, il marche courbé car les branches sont basses, il descend, s'accroche aux rochers, suit encore, plus bas, pratiqué entre la roche, le passage étroit ; arrivé au bout, il enjambe un muret en partie effondré – les voici sur le sentier. Cette traversée prend du temps, il tient Bleu contre lui, son sac bat contre son dos, il ne peut s'aider que d'un bras pour retrouver l'équilibre, se retenir aux rochers.

Après le muret, la vue se dégage sur la mer, le soleil est presque tout à fait couché, les reliefs disparaissent dans la nuit, un vent froid vient les surprendre, cela souffle, grogne, s'engouffre sous les pans de sa veste. Il serre plus fort le petit corps, baisse sur lui les yeux, Bleu le regarde, menton contre sa poitrine à lui, sa tête paraît surgir de la couverture, Bleu a glissé une main contre sa bouche, il suce son poignet.

Il emmène Bleu dans la cabane – que faire d'autre, où aller ailleurs ? À cette heure, il n'est pas sûr de trouver une porte ouverte à Maindon et de toutes les façons, que pourraient faire les gens là-bas, que pourraient-ils faire que lui ne pourrait pas ? Il avance très lentement sur le sentier, contre les souffles violents du vent venu de l'ouest, il a les bras crochetés autour du corps de Bleu. Bientôt l'obscurité est plus épaisse, il avance à tâtons, colle son dos et ses jambes contre les bords du ravin, il a beau connaître chaque mètre, chaque centimètre de la voie, il sait qu'il suffit d'un caillou, d'un rondin, de l'effleurement d'une racine pour perdre pied et s'en aller basculer dans le vide. Ils parviennent enfin aux premières pierres assemblées qui indiquent la clairière et, plus haut, protégée des vents par la chênaie, la cabane.

Ils montent et l'Envolée est là. Elle les regarde, elle contemple le dos de l'homme, ses épaules qu'il tient rondes pour faire un abri à l'enfant. Ils s'éloignent maintenant, une figure debout sur la pente, dans la pénombre chaque instant plus dense. D'un coup de hanche, l'Envolée se rapproche d'eux, elle joue avec les distances, celles de l'espace et celles des temps. Elle se tient sur le seuil de la cabane à l'instant où l'enfant et l'homme entrent.

15

L'homme dépose Bleu sur son matelas, contre le mur du fond, il se défait de son sac et repousse les affaires dans les coins, les toiles, les tubes, les pinceaux, les chiffons, les papiers journaux maculés, il fait place nette, époussette les deux chaises et la table, fait comme si le nouveau-né était un hôte important, venu lui rendre visite à l'improviste. Il met du bois dans le poêle de faïence et allume. Sur le matelas, Bleu s'agite. Au bout de quelques minutes, il recommence à geindre puis à pleurer, poings serrés, brassés en l'air, il se contorsionne, cherche, dirait-on, à se retourner. Lui allume la lampe à pétrole puis va vers le matelas, il se baisse, attrape l'enfant entre ses bras et sent l'odeur.

Il allonge Bleu sur la table et le découvre (il ne s'est pas trompé, Bleu est bien un garçon), il lui ôte ses langes, il a des gestes lents, ses mains vont avec douceur autour et sur le corps de l'enfant, il y a une traînée brun clair sur le tissu, au bas, entre les jambes rondes, il jette cela au sol, retient Bleu et attrape un chiffon propre, le trouve trop rêche sous la main, en prend un autre, plus épais, plus doux, avec le premier chiffon qu'il imbibe d'eau, il nettoie les fesses où sont collées les selles, le jette sous la table, passe le second chiffon par-dessous le petit corps, l'enveloppe sans trop serrer mais assez pour ne pas laisser passer le froid, récupère l'épingle à nourrice tout à l'heure retirée et laissée sur la table, attache le chiffon, le nouvel habit de Bleu.

L'enfant pleure toujours, son visage est rouge maintenant à force de cris, de pleurs, il porte sans arrêt son poignet contre ses lèvres et tète. Lui le soulève de la table, Bleu dans son tissu propre, il se tourne et se baisse pour le déposer sur le matelas
attends une minute, une toute petite minute, je reviens
dit-il d'une voix douce, front penché jusque contre le front de l'enfant. Il va chercher le lait, prend une coupelle, prend aussi une tranche de pain, revient vers le matelas tout cela dans les mains. Il découpe le pain avec les doigts, trempe la mie dans le lait, porte les morceaux dans la bouche de Bleu, celui-ci gobe avidement ce qui se présente, le pain imbibé, devenu goutte de lait, en peu de temps il mange la tranche entière. Lui se lève du matelas, va chercher de l'eau, en remplit la coupelle, donne à boire à l'enfant, lui apporte par trois fois l'eau dans la coupelle. Enfin il le soulève, sa tête tenue par-dessus son épaule, il attend que le corps, contre lui, expulse l'air.

Maintenant, Bleu repose sur le matelas, il l'a bordé avec la couverture de laine, a mis par-dessus son propre drap de nuit, le poêle chauffe la pièce, il fait bon et le petit s'endort, il voit ses yeux qui clignent, se ferment et s'ouvrent soudain comme si Bleu avait été surpris par un bruit ou une image découverte de l'autre côté de ses paupières. Ses yeux se ferment encore, s'ouvrent aussitôt, cela recommence plusieurs fois mais peu à peu les yeux ne s'ouvrent plus qu'à peine, puis plus du tout ; Bleu a fini par s'endormir, poing levé à hauteur de son visage tourné. Sa joue ronde, son oreille petite, les mèches fines sur sa tempe sont éclairées par la flamme de la lampe, ses yeux fermés sont tournés vers le mur, vers l’ombre ; au-dessus de lui, l’homme est assis sur le bord du matelas, l’homme qui l’a trouvé, l’a porté ici, l’a nourri et qui, maintenant, sans un mot, le regarde dormir.

16

La nuit, Bleu se réveille à trois reprises. Lui le soulève, le porte et le berce sur son épaule, il lui donne encore de l'eau à la coupelle puis, quand l'enfant a retrouvé le sommeil, il le borde à nouveau sur le matelas, se couche près de lui, sur le sol nu. Il ne remarque pas que sous son corps le sol est dur, c'est à peine s'il dort cette nuit-là auprès de Bleu, il le regarde longtemps, sans pensée, il contemple son sommeil serein, profond, il regarde longtemps son visage et sent la simplicité avec laquelle Bleu les accepte, sa cabane et lui – ce matelas, ce mur blanchi à la chaux, ce drap de nuit et ce compagnon de quelques heures seulement, avec sa face crevée – tout cela si nouveau pour l'enfant et pourtant déjà pleinement accueilli.

Allongé, à demi tourné vers Bleu, il respire l'odeur de l'enfant, le parfum doucement acide de sa peau, il écoute sa respiration. Bleu doit être âgé de quelques semaines, tout au plus de trois ou quatre mois entiers. Il le regarde et sent combien cette présence sous la couverture et le drap sait embrasser le monde, avec une confiance totale ; ce très-petit endormi, sent-il, est un bloc de confiance et cela donne au nouveau-né une force qui le fascine, lui, maintenant dressé sur son bras replié, tête penchée au-dessus de l'enfant.

Bleu dort longtemps ce matin-là, le jour est levé depuis un moment quand il commence à geindre doucement et gigoter sur le matelas. Lui vient aussitôt près de l'enfant. Dès que

celui-ci découvre le demi-visage, sa bouche se tord, s'étire drôlement, devient sourire, bientôt rires, cela fait, dans sa gorge, comme la dévale d'un ru, voici ce qu'il imagine, et il regarde les yeux ouverts de Bleu, le regard du petit lancé vers lui, ses mains aussi dressées en poings ; ses doigts s'écartent, veulent attraper
on y va !
il emporte l'enfant, va à la table, s'assoit sur une chaise, prend Bleu entre ses bras, lui donne le pain, le lait et l'eau qu'il a préparés avant le lever du jour, dans la cabane obscure. Bleu dévore le pain détrempé de lait, boit à la coupelle. Un faisceau de soleil traverse la lucarne, percée solitaire dans le mur à l'est, frappe son bras, son épaule, sa nuque, sa joue creuse, se pose sur le crâne de l'enfant où il fait danser des particules de poussière, dessine des reflets dans le flou des cheveux.

Plus tard, le soleil s'emmêle au ciel, apparaît un disque aux contours indistincts dans le voile des nuages, haut au-dessus de la mer. Bleu et lui sont sur le banc à l'entrée de la cabane. L'air est tiède et humide, il a enveloppé l'enfant dans sa couverture de laine avant de sortir. Bleu est allongé sur ses genoux. Depuis son réveil, il s'adresse au petit et celui-ci répond par babilles, mimiques (sourcils dressés, bouche tordue, yeux ronds ouverts), par gestes et rires.

Et si je peignais ton portrait ? Qu'est-ce que tu en dis, hein ?
l'idée lui vient d'un coup, il s'étonne de ne pas l'avoir eue plus tôt – peindre le visage de Bleu, n'est-ce pas ce qu'il doit faire ? Ce qu'il aurait déjà dû commencer à faire dès le matin ?

17

Peindre lui est venu avec la tache bleue, l'apparition entre les pins, lors de son premier voyage dans le Sud en compagnie du Maître.

Peindre lui est venu avec sa découverte de la mer.

Mais peindre ne lui est pas venu d'un coup, envie tombée comme foudre sur lui, sur le sommet de sa tête – non, peindre est venu lentement, très lentement, cela a monté au fil des jours, des semaines, des mois, peindre a pris de plus en plus de place en lui.

Il a d'abord observé avec une grande attention – les premiers temps, sans bien comprendre pourquoi il faisait cela – le Maître à son travail, assis devant son chevalet et sa toile vierge. Il s'arrangeait toujours pour se placer derrière lui quand il sortait les couleurs, les pinceaux, le couteau, quand il étalait en couches épaisses la peinture sur la palette, il ne perdait rien de ce qui se formait alors, les reliefs, tracés à la lame, des grèges, des bruns, des innombrables verts et bleus, les concrétions de rouges, d'ocres, de jaunes, toutes les nuances, les gris, les marrons, les violets s'étirant, après chaque passage de la main, vers le clair. Le monde, remarquait-il, réunissait ses teintes sur la palette, le monde visible se formait sur la petite assiette en bois, par touches, par mélanges.

Debout derrière le large chapeau du peintre, il regardait avec attention ; ses yeux allaient des couleurs qui naissaient sous la lame et entre les doigts du Maître à celles, réelles, du paysage, et peu à peu, mélange après mélange, les couleurs sur la palette se rapprochaient des teintes en avant, se confondaient à elles, couleurs des arbres, des pierres, de l'herbe, du ciel répétées sur la palette comme sur la surface d'une eau.

Le plus fascinant dans cette confusion des couleurs inventées et réelles était que celles-là révélaient des teintes qu'il n'avait d'abord pas remarquées – une ombre sous les branches d'un chêne, le violet, là, d'une pierre ronde couverte de mousse, un trait éclairci au ciel, dans le lointain, à l'empalement d'un nuage.

Il se produisait un phénomène étonnant : les couleurs sur la palette, au lieu de se rapprocher des couleurs du monde en vue de leur ressembler, semblaient plutôt les faire naître. Les heures passées dans le dos du Maître, à le regarder faire, filaient avec une rapidité incroyable, il assistait à un tour de magie continu, d'une magie divine car, à force de contempler les teintes se créer, se répondre, il finissait par imaginer que c'était le Maître lui-même qui donnait ses couleurs aux paysages. Qui les lui faisait voir.

Il ne quittait pas des yeux la palette car il voulait savoir, surtout, si dans toutes les teintes tourmentées des heures durant allait enfin apparaître le bleu bref, profond, le bleu sombre et scintillant à la fois qu'il avait aperçu, le premier bleu de la mer.

Lors de leur séjour dans le Sud, tandis qu'il accompagnait partout le Maître – sur les chemins de montagne, les sentiers de falaise, dans les criques, les villages, au bord de la mer – il était témoin de la métamorphose répétée des couleurs. Il regardait les préparations avec un intérêt grandissant, ainsi apprenait comment accorder les mélanges pour obtenir les teintes désirées. Il devinait que le bleu perdu devait se tenir quelque part dans les possibilités offertes à l'ouverture des tubes de peinture, sous le travail du bois des pinceaux tenus à l'envers, sous la lame du couteau. S'il voulait retrouver ce bleu dont il gardait une impression vague, dont la matière et la réalité lui échappaient, il devrait, à l'image du Maître, inventer à son tour ces rencontres entre les couleurs ; cela, il le pressentait.

18

Dans le Sud, le Maître et lui se sont installés chez une connaissance, un amateur de peinture qui leur prêtait, pour la durée de leur séjour, un corps de ferme aménagé, long bâti construit en pierres brutes situé sur les hauteurs d'un hameau nommé La Caliçe. La sente pour accéder à la ferme était raide, couverte de buis, de racines, creusée d'ornières. Devant la bâtisse étaient entassés des monceaux de pierres brisées blanches ou veinées de rouge ; l'ancienne cour avait dû être transformée en pierrier, les dépendances autour détruites et rasées. Au nord, la ferme ouvrait sur le vide profond d'un ravin, les fenêtres percées de ce côté donnaient sur un horizon de vagues vertes, plus foncées dans le lointain, une succession de montagnes sans aucune habitation visible ; seulement, ici et là, quelques fumées rares s'élançaient sur les ciels du soir. Il regardait souvent de ce côté et imaginait se tenir au poste-frontière entre le monde civilisé et l'autre, encore inexploré, il rêvait, tête à la fenêtre ouverte, être installé à la fin de la dernière route.

Par les fenêtres au sud, à tel endroit vers l'ouest, à travers un goulet entre les corps et les têtes des pins, il pouvait apercevoir la mer ; dans l'étroitement, elle paraissait une gemme bleue plus foncée que le ciel. Sans cesse il la perdait de vue, mais le soleil la rappelait chaque fois à son regard par un reflet éblouissant.

Le Maître et lui dormaient, se changeaient, se lavaient au broc, mangeaient dans la pièce principale et unique, salle immense, avalée par la pénombre dans sa profondeur. Les matins, ils traversaient l'ancienne cour pour rejoindre les latrines.

Lui, chaque jour, allait prendre l'eau au puits, une centaine de mètres plus bas, dans une clairière d'épineux où il s'écorchait les mollets, il préparait les repas sur le fourneau en fonte, énorme bête noire posée sur l'unique dalle carrelée de la salle, recroquevillée sur ses pattes courtes dans un coin sans lumière, il lavait les linges dans un cuveau et, les soirs, apportait du bois et allumait le feu dans la cheminée ; il s'étonnait qu'il fît si froid dans ce pays du Sud, dès le soleil parti ; il pensait aux soirées d'été sur le plateau.

Le premier matin, très tôt, le jour pas encore levé, le Maître l'a secoué rudement sur son matelas, s'est habillé à la hâte dans la pièce obscure, a rassemblé ses affaires – carnet, casiers pour les crayons et les fusains, pliant, sac pour les provisions –, il était déjà prêt quand lui se soulevait avec peine, encore plein de sommeil

allons, allons : assez paressé ! Debout maintenant ! Dépêche-toi !

À son tour, il s'est habillé dans le noir. Par une fenêtre que le Maître avait ouverte, il a aperçu un peu de lumière blanche, il a entendu, étouffées, les premières paroles des oiseaux. À cette heure, le monde était encore silencieux, hors les conversations des oiseaux, aussi ce bruit qu'il entendait au loin, il ne savait pas ce que c'était, il tendait l'oreille et bientôt il en a été sûr, c'était le souffle de la mer, il était accompagné de temps à autre par des grondements indécelables. Lui boutonnait sa chemise puis se frictionnait les bras pour se réchauffer les sangs et il écoutait cette respiration lointaine, il imaginait des vagues aller contre les rochers – mais peut-être était-ce seulement le vent.

Il s'est précipité dehors, le Maître se tenait debout entre deux tas de pierres, son large chapeau sur la tête, sa bouffarde déjà allumée, yeux levés sur le ciel qui s'éclairait de bleu au-dessus du toit de la ferme. Le Maître lui désignait l'attirail laissé contre le mur
allons, prends le barda. Ne traîne pas, veux-tu. Ce matin, on monte.

19

Le Maître était habitué aux marches, aux grimpes, il avançait vite sur les chemins de cailloux; lui le suivait trempé de sueur, chargé comme un baudet, casiers et sacs enroulés par des sangles autour de sa poitrine et son dos, le pliant coincé sur une épaule; il ne voyait rien que les souliers du Maître, la poussière du chemin, le liseré des herbes. Le soleil chauffait déjà fort sur son dos. Après une bonne heure de marche, le chemin est devenu plat, le Maître a ralenti, s'est arrêté, a regardé un moment la grande table de mer dressée plus bas, dans la dévale, entre les pans de roches blanches, les pins

ici! On va s'installer ici!

Lui s'est déchargé du matériel, en un tour de main tout était prêt, le Maître assis sur le pliant, un carnet sur les genoux, les casiers ouverts près de lui.

Le Maître a crayonné trois pages au fusain, en a dessiné une qu'il a colorée aux crayons, a rangé son carnet dans la besace, ils ont partagé le pain rond, un morceau de fromage, se sont passé la gourde puis remis en route.

Ils ont dépassé le premier col, redescendu l'ubac par un sentier étroit. Plus bas, ils sont entrés dans les ombres, sous les arbres. Ils ont découvert, tout au bas, resserrées dans un couloir de lumière, quelques maisons, la rivière, la boucle noire d'une roue à aubes, la tache claire, minuscule, d'un linge laissé à sécher sur le rebord d'une fenêtre.

À l'entrée du hameau, le Maître a fait signe de s'arrêter, il a installé le pliant, sorti le carnet, aussitôt a recommencé les dessins. Il grommelait, arrachait les pages qu'il froissait, les jetait à son côté. Lui était debout derrière le Maître, il regardait les feuilles se noircir par-dessus l'épaule, sous le large bord du chapeau. D'abord, les croquis se faisaient vite, traits fins, irréguliers, rapidement multipliés et entremêlés, formant faisceau de sarments noirs, de brindilles, brins verticaux et tors de longueurs et hauteurs différentes ; peu à peu, les traits devenaient indiscernables, le Maître, par coups de poignet vifs, adroits, les lançait vers le haut de la feuille comme des pierres, comme des feux. Les traits se rassemblaient, lui reconnaissait maintenant les parois des montagnes qu'il y avait en face, le creusement entre elles, le large V par où passait le soleil. Bientôt, le Maître appuyait moins fort le crayon, arrondissait les tracés, passait son pouce gris de mine sur le dessin des montagnes et celles-ci, alors, se coiffaient d'arbres, d'écume de feuillages.

À ce moment de son dessin, le Maître a suspendu sa main, a laissé le crayon en l'air quelques secondes. Lui regardait par-dessus l'épaule ; sur la feuille, il a reconnu – dans l'espace entre ce qui avait été tracé et la surface vierge du papier – une promesse. Il regardait le dessin inachevé et il croyait voir, dans l'image de la crevasse entre les montagnes, deux lèvres prendre forme, deux lèvres une bouche, un souffle sur le point de prononcer un secret.

Le Maître a repris son dessin mais cette fois avec hésitation, les traits tremblaient, se raturaient, s'épaississaient ensuite pour dissimuler les ratures. Sur la feuille cela devenait heurté.

La sorte d'équilibre qui venait de se découvrir entre l'image dessinée et son contour, la suspension qui paraissait sur le point de révéler, maintenant se défaisait, se désagrégeait, s'éboulait exactement comme un empilement de pierres ne supporte pas la pierre de trop, et sur le papier le dessin de la crevasse entre les montagnes achevait de s'écrouler, n'était plus qu'une copie laborieuse du paysage devant eux.

Avec un grognement, le Maître a déchiré la feuille du carnet, l'a froissée et jetée à ses pieds.

20

Quatre enfants les ont rejoints, surgis des ruelles et des jardins du hameau. Ils tournaient autour d'eux, le Maître s'en amusait, montrait les dessins qu'il avait apportés, ceux qu'il venait de faire, il en ramassait certains qu'il défroissait, leur tendait. Il leur expliquait ce que cela représentait, comment il avait fait l'image. Un petit a attrapé ses camarades, les a attirés autour du Maître et de ses feuilles. Découvrant le dernier dessin, il s'est écrié
oh mais regardez çui-là : c'est la crevasse du Frêlon ! Je la reconnais ! J'en suis sûr ! C'est le Frêlon, regardez, regardez !

Il a crié un moment, bousculant les autres pour qu'ils approchent, qu'à leur tour ils se penchent et regardent
c'est le Frêlon ! Oui, c'est bien lui, c'est le Frêlon ! Mais c'est comme s'il était autrement que ce qu'on voit vraiment !

Les enfants sautaient dans tous les sens autour du Maître, ils se tapaient dans le dos, sur les épaules, joues et fronts rouges d'excitation ; lui ne pouvait décider s'ils se moquaient ou non des dessins, des croquis. Les quatre gamins s'interpellaient, ils n'écoutaient plus les explications du Maître. Le plus grand d'entre eux ne devait pas être beaucoup plus jeune que lui-même, a-t-il pensé ; il a pensé aussi que le gamin devait être aimé par ses parents, choyé par eux, pour être ainsi insouciant et rieur, pour savoir se comporter à son âge comme un encore enfant. Les quatre parlaient dans le désordre, se montraient tel dessin puis tel autre, la crevasse tracée à la mine, ils répétaient *le Frêlon ! C'est le Frêlon ! Notre Frêlon !*

Ils se lassaient enfin, l'un d'eux rappelait les autres, ils s'égaillaient, traversaient le pont à la course, dans des bonds, descendaient le talus jusqu'à la rive, bientôt ils n'étaient plus là, moineaux envolés, disparus aussi vite qu'apparus, comme si le vent qui venait de se lever les avait chassés. Le Maître et lui n'entendaient plus que leurs rires et leurs cris, en contrebas, étouffés par les bruits de la rivière.

Ils ont rassemblé les affaires, rangé le carnet de croquis dans le sac, les fusains et les crayons dans leurs casiers, ils ont encore réuni les papiers froissés que le Maître avait jetés, le vieil homme s'est redressé, a tourné la tête vers la crevasse là-bas, à l'horizon, la faille dévorée d'ombres entre les parois des montagnes, il a lancé, comme un qui prend enfin sa décision

à Dieu vat : demain je peins ! Demain c'est les couleurs !

Lui s'est chargé du barda et ils sont repartis par le même chemin. Face à eux, contre la découpe noire des montagnes, contre les crêtes et les flancs, entre le ravin immense, ils pouvaient voir le soleil bas, le rouge vif des nuages, le bleu profond du ciel ; les derniers rayons éblouissaient à travers la faille, l'ombre portée des reliefs faisait une grande main d'obscurité, elle enveloppait le pont, la rivière, les ruelles, les maisons, le moulin, la vallée entière. Ne restait qu'une lumière chargée d'or dispersée contre le noir des toits. Puis très vite, tout est tombé au premier moment de la nuit, seule une clairière de clarté s'ouvrait encore vers le sommet de la montagne opposée. Une odeur de poisson grillé montait du hameau une centaine de mètres plus bas. En avant, le Maître allait bon train, il parlait avec animation, il

expliquait qu'ils reviendraient demain, ils reviendraient plus tôt qu'aujourd'hui et ils s'installeraient à l'entrée du hameau, face au pont, en plein dans la lumière
la gueule jusqu'au trognon dans la lumière
il riait, agitait une main, la lançait en l'air au-dessus de son chapeau. Demain, le Maître aurait besoin d'une toile, de ses couleurs, de ses pinceaux.

21

Le lendemain, ils se sont levés une heure avant l'aube. Ils ont passé la journée dans le hameau, depuis le petit matin jusqu'au milieu de l'après-midi, à l'heure où le soleil est venu glisser à l'intérieur de la faille du Frêlon et où les ombres ont commencé à envahir la vallée. Tout le jour, le Maître est resté assis sur le pliant, au travail sur la toile, lui debout dans son dos, occupé à examiner les mélanges des couleurs, les tracés, les sauts du pinceau, les aplats faits au couteau, s'étonnant de n'éprouver aucun ennui, de désirer, même, que cela dure encore.

Les enfants ne sont pas revenus les saluer mais des gens du hameau se sont approchés, timides, ont regardé de loin, bras croisés, sans oser, sans dire un mot.

Sur le chemin du retour, le Maître a déclaré qu'il fallait fêter dignement cette première vraie journée de travail. Lui suivait, portant à bout de bras la toile afin de ne pas abîmer les couleurs, le chevalet attaché à l'épaule l'obligeait à faire un écart à chaque pas, il avait mal aux jambes. Le Maître connaissait un endroit dans le village de Guérain, cela ne leur demanderait qu'un tout petit détour, c'était juste après La Caliçe, il connaissait là-bas l'adresse d'un restaurant sur la route de côte, en moins d'une heure ils y seraient.

Ils ont trouvé une table libre sur la terrasse extérieure qui surplombe la mer. Le Maître a commandé des apéritifs, il l'invitait à boire, il parlait fort pour commander les vins et les fruits de mer, les autres clients se retournaient discrètement pour les regarder, ces deux étranges, ce vieil homme au chapeau large et ce jeune malingre qui l'accompagnait, ces deux extravagants attablés avec leurs affaires étalées partout sous la table, contre leurs pieds. Le Maître levait son verre, faisait des clins d'œil en direction des dames et des messieurs curieux, ceux-ci haussaient les épaules et se détournaient.

Une serveuse venait prendre leurs commandes, lui remarquait seulement la peau brune de ses poignets et de ses bras, ses mains fines qui tenaient le crayon et le papier, il l'écoutait, croyait à chaque phrase qu'elle prononçait, à chaque réponse qu'elle faisait, que sa voix allait se briser comme un fil blond – mais non, elle répétait toutes les commandes du Maître sans se tromper ni se troubler. Quand elle repartait vers la salle, il levait les yeux, voyait ses cheveux jais aux reflets rouges, bouclés, tombés sur ses épaules, il voyait le tissu clair de sa chemise tendu au creux du dos, remarquait la ceinture du tablier, la silhouette longue, vive.

Tu dois avoir faim, dis! Ce soir, on va manger et boire comme des rois, comme de braves rois!

Le Maître gloussait, se frottait les mains, les plats se succédaient sur la table, poissons, légumes, galettes et viandes accompagnés chaque fois par les carafes de vin blanc embuées de fraîcheur.

Cette rosée fraîche sur le verre des carafes, si fine qu'un doigt suffit pour l'évaporer, l'Envolée la sent aussi, sur sa peau.

Elle est là, tout près d'eux, près du Maître et du jeune garçon. Elle se tient recroquevillée dans la cavité de son lit, caverne de nuit creusée à ses justes dimensions, et dans le même temps, elle accompagne le garçon et le vieux peintre. Elle est si proche que souvent elle ne saurait démêler qui de ces deux-là ou bien d'elle se tient à cet instant assis à la table et, depuis la terrasse, contemple la mer.

22

Le Maître et lui étaient installés à une table pour deux dans un coin de la terrasse, contre le parapet, avec, au-dessus d'eux, la tonnelle décorée de lampions et fleurie de lierre et de grappes de raisin. Il a levé les yeux et remarqué que les feuilles, les tiges, les fruits étaient en tissu, fabriqués avec un art accompli, un regard rapide les faisait prendre pour des vrais. Autour d'eux des draps blancs s'envolaient, tendus entre les tables pour protéger les clients de la lumière de l'après-midi, mais même maintenant que le soleil était bas sur la mer, les draps avaient été laissés, ils murmuraient sous les mains du vent. Il y avait d'autres bruits, celui des couverts, des verres entrechoqués, le bruit des bavardages, des rires, une musique jouée au violon et au piano, elle provenait du fond de la salle ; ils entendaient aussi les appels des mouettes, réverbérés sous la cathédrale du ciel.

Près d'eux, venue se glisser jusque sous leurs coudes, il y avait la mer, son étendue chaque instant plus sombre avec le soleil qui tombait ; des éclats jouaient sans arrêt à sa surface – crêtes et écailles de lumière qui s'assombrissaient vite sous l'effet de la houle, des ombres grandissantes de la nuit.

D'un geste ample, théâtral, le Maître a désigné la mer, son bras a manqué de renverser la carafe de vin. Le vieil homme souriait largement, les joues rubicondes, les dents couvertes de chair de crevette, des morceaux roses de carapaces jusque sur le menton *bon sang, regarde! Regarde! Qui voudrait ne pas regarder ça? Hein? Dis-moi! Cette mer, c'est une douleur et c'est une joie! Regarde-la : elle fait mal, hein? Tu ne trouves pas? Allons, je sais bien qu'elle fait mal! Elle fait tellement mal! On en devient idiot d'avoir si mal quand on regarde la mer! Elle fait mal à un point que le plus souvent, on ne la supporte plus et on tourne la tête, on ne veut pas voir, on ne veut pas la voir, on fait comme si elle n'était pas là. Ou pire!*

Le Maître a levé l'index comme un instituteur, il avait sur le visage une expression de révolte grotesque, visiblement sincère

oui : pire! Pire encore! On fait comme si la mer était une chose ordinaire, qui ne mérite pas qu'on la remarque.

Le Maître a secoué la tête puis s'est servi un nouveau verre de vin blanc, il avait le hoquet. Il a repris, d'une voix un peu calmée

le seul moyen d'avoir moins mal, vois-tu, c'est de l'embrasser, la mer. Mais comment peut-on embrasser une chose si grande, si vaste, si magnifique avec

il a étendu ses bras de chaque côté de son corps avec un air lamentable

avec ça? Avec ces membres pitoyables? On dirait rien que des ailes rognées, des pattes fouisseuses de petites bêtes débiles – des membres comme ça, ça ne suffit pas!

Il a grondé, il a tapé fort du plat de la main sur la table, le couple assis à côté d'eux a sursauté, s'est retourné, sourcils froncés

alors – comment faire pour la tenir, la mer? Hein? Comment? Je vais te dire comment faire, comment faire pour que la mer soit moins douloureuse en nous

il a baissé la tête, s'est penché au-dessus du plat de coquillages noyés dans la glace pilée, a mis sa main par-dessus sa bouche comme s'il voulait partager un secret de la plus haute importance, il a chuchoté mais sa voix était encore trop forte

il faut lui donner ses couleurs, à la mer. Oui, voilà ce qu'il faut faire. Il faut aller chercher dans nos outils, dans nos pinceaux, nos tubes, sur la palette, il faut aller chercher les couleurs qui deviendront celles de la mer. Et pas seulement les couleurs, il faut aussi travailler à lui donner

il s'est tu un instant, il réfléchissait, cherchait un mot, lorgnait sur sa pipe éteinte, posée au bord du cendrier

il faut aussi travailler à lui donner son ampleur, il faut travailler à lui donner son illimité, parce qu'elle est ainsi la mer, elle est hors d'atteinte toujours, et nous n'avons que ces outils-là à notre disposition, nous n'avons que nos mains, nos petites mains dérisoires

il secouait ses mains, ses doigts luisants d'huile et de jus de citron, à hauteur de ses yeux à lui

mais tout n'est pas perdu, vois-tu, parce que nous avons aussi notre imagination ! Il ne faut pas oublier notre imagination !

Il a toussé, a bu une longue gorgée de vin

pour tenir la mer, vois-tu, pour l'empêcher de nous faire mal, il n'y a pas le choix : il faut savoir la peindre. Il ne faut pas se laisser chambouler par ses couleurs, par ses reflets, par ses jeux, par tous ses appâts, par tous ses fichus charmes. Non : il faut savoir être ferme, vois-tu, tête et sang froids !

Il s'est redressé d'un coup, comme pour un garde-à-vous

on doit imposer nos couleurs à la mer, les couleurs qu'on a trouvées, qu'on a inventées, les couleurs que l'on décide. On doit lui imposer nos effets, à la mer, nos mouvements à nous, elle ne doit pas avoir le choix – la mer. C'est à prendre ou à laisser ! On doit la peindre comme une vague en chasse une autre – comprends-tu ?

Notre vague à nous, notre vague de peinture, de couleurs, doit pouvoir chasser la vague de la mer. Sur la toile, notre vague doit être capable de l'engloutir !

Sa voix grasseyait comme prise de larmes, le Maître hochait la tête, les yeux embués

tu comprends un peu ce que je dis ? Pour embrasser la mer, pour la tenir – là – entre nos bras

il a fait alors le geste d'embrasser une forme invisible devant lui, renversant sans s'en apercevoir la carafe vide sur la table

nous avons l'outil le plus incroyable qui soit – nous avons notre imagination !

Dans un élan brusque, poings fermés, avec un geste de pugiliste lancé vers la nuit sans lune

mais ce n'est pas tout ! Oh non, ce n'est pas fini ! Ce serait trop simple ! Il faut encore la repasser cette vague que nous venons de peindre, il faut la badigeonner, la travailler encore et encore jusqu'à ce qu'il n'y ait plus de soi sur la toile, jusqu'à ce qu'il n'y ait plus de peintre.

Le Maître a baissé les bras, il a ramassé sa pipe, l'a rallumée, en a tiré une bouffée. D'un coup, il a eu l'air épuisé ; il a repris d'une voix plus lente, adoucie

oui, sur la toile, vois-tu, on ne doit plus trouver trace du peintre ni de la mer. Le sujet et celui qui le peint doivent disparaître du tableau. Pour y arriver, il faut persévérer, travailler sans relâche, peindre et peindre encore, jusqu'à ce que le tableau devienne autre chose, autre chose que la mer, autre chose que le regard du peintre – autre chose et on ne sait jamais quoi.

Le Maître s'est affaissé sur le dossier de sa chaise, il contemplait, silencieux, les restes de leur dîner, les coquilles luisantes, les carcasses vidées, les morceaux de chair, de persil, les virgules rouges des pattes éparpillées, les couverts jetés n'importe où dans les plats, sur la table, la carafe renversée, les taches de graisse et de vin sur la nappe blanche ; sur la terrasse, on n'entendait plus que le cricri des grillons.

23

Les jours suivants, le Maître et lui ont continué les marches dans l'arrière-pays, par les voies de montagne. Ils restaient parfois dans un même endroit jusque tard le soir, ne le quittaient qu'à la nuit tombée, ils partageaient les repas frugaux emportés dans le sac, ils les déballaient sur leurs genoux. Ils sortaient même les jours d'orage, marchaient les pieds dans l'eau qui dévalait les chemins, ils cherchaient et trouvaient de nouveaux paysages, de nouveaux sujets.

Un dimanche, ils ont rencontré, dans les ruelles de La Caliçe, l'amateur de peinture qui leur avait loué la ferme. Ils ont passé ensemble l'après-midi et une partie de la soirée à la terrasse du café du hameau, le Maître et son ami à parler de peinture, de l'œuvre des autres, de ce que l'on pouvait voir aujourd'hui dans les salles d'exposition de la capitale, lui à écouter vaguement, à siroter son verre de liqueur d'anis que les deux autres avaient commandé pour lui, sans demander son avis.

Le Maître ne voulait pas entendre parler de certains peintres, de certaines écoles, il reniflait ostensiblement, lançait sans arrêt le mot *académisme* comme s'il s'était agi d'une maladie honteuse. Il avait l'air de mordre dans un fruit trop acide quand il prononçait les mots de *vieille école*, il saluait certains jeunes artistes, les appelait *aventuriers*, *explorateurs*, qui peignent au beau milieu du risque, dans les régions encore inconnues, qui peignent en équilibre sur la corde, au-dessus du vide. Le Maître se déclarait étranger aux écoles, aux mouvements, il ne s'y intéressait pas, il répétait qu'il était seul, seul comme il s'était fait, il était un autodidacte, les verres de liqueur se succédaient sur la table, le Maître n'arrêtait plus de parler, il faisait des gestes pour expliquer quelque chose à son ami, celui-ci était tout sourire, acquiesçait à chaque instant, relançait sans cesse le Maître par de nouvelles questions. Lui, cependant, assis entre les deux, finissait par s'endormir, son menton s'affaissait doucement dans son cou, il était assommé par l'alcool trouble, la voix du Maître ronronnait dans ses oreilles, se fondait dans les autres bruits, de la place et des ruelles autour, dans les conversations aux tables voisines ; conversations, bruits et paroles du Maître devenaient une rumeur continue, le grondement d'un fleuve passé dans l'air ; il rêvait.

Ce soir-là, le Maître et lui sont rentrés tard, le ventre vide, la tête lourde, mais le vieil homme chantait en grimpant la sente, en direction de la ferme.

À partir de ce jour, le Maître allait retrouver chaque fin d'après-midi son ami à la terrasse du café de La Caliçe ; ils étaient bientôt rejoints par de nouvelles connaissances, de nouvelles recrues, des buveurs d'anis. Tous ensemble ils s'en allaient dans les villages alentour, envahissaient les cafés, les auberges, les salons, les terrasses des hôtels et des pensions où l'on servait à boire, ils jouaient aux cartes, aux dominos, ils bavardaient, ouvraient les journaux, se disputaient, chantaient, riaient. La troupe restait parfois à boire aux terrasses et aux comptoirs jusqu'au milieu de la nuit.

Les lendemains, le Maître se levait tard, parfois l'après-midi déjà commencé. Il ne peignait plus mais ne s'en trouvait pas plus mal. Il buvait son café, avalait du pain tartiné de beurre, y ajoutait une pincée de gros sel
meilleur remède contre la gueule de bois !

Il redescendait bientôt à La Caliçe où l'attendaient ses compagnons. Avant de sortir, il jetait un coup d'œil sur le matériel qu'il n'avait plus touché depuis des jours, il s'écriait
allons : vivre, c'est peindre encore !
s'en allait, le laissait seul pour la journée et la soirée. Certaines fois, sur le seuil de la ferme, il fouillait sa poche, faisait un demi-tour et revenait lui glisser une ou deux pièces dans la main
aujourd'hui : quartier libre !
puis le vieil homme et son large chapeau disparaissaient sur la sente, vers La Caliçe.

24

Désormais, il passait ses journées seul dans le pays de montagnes et de mer. Le matin, quand le Maître dormait encore, il ne quittait pas les environs de la ferme, il se promenait près des entassements de pierres blanches et roses, allait jusqu'au puits, revenait, rentrait pour voler du tabac qu'il roulait dans des feuilles sèches qu'il trouvait, fumait sur le seuil, jouait avec les sauterelles qui passaient près de lui, jaillies des herbes hautes. Il marchait plus loin après midi et le départ du Maître, montait la côte, rejoignait le hameau au fond de la vallée, suivait la rivière, trouvait un endroit à l'écart, se déshabillait et se baignait, en prenant soin de rester au bord, là où il avait pied.

Il marchait dans l'eau, un peu loin de l'endroit où il avait déposé ses affaires, quand il a vu la silhouette derrière un bosquet d'arbres. Il l'a reconnue de suite, dans un battement de cœur, son sang précipité soudain, une chaleur vive aux joues, malgré la distance et les branches qui la cachait, il a reconnu la serveuse du restaurant. Elle était penchée pour ramasser ses habits, les pressait contre sa poitrine. Elle a tourné la tête vers la rivière et lui, debout dans le courant, dans la lumière. Elle avait peut-être entendu un bruit ou senti sa présence, lui était honteux, gêné (ces sensations venaient si vite, en une seule inspiration de l'air), pourtant il restait immobile, ses pensées venaient elles aussi rapides, nombreuses, allait-elle imaginer qu'il l'épiait, qu'il la suivait? Allait-elle appeler à l'aide? L'avait-elle reconnu? Était-elle seule? Elle ne bougeait plus depuis le milieu des arbres puis lentement (il aurait voulu plonger, s'enfuir, mais il ne pouvait pas), elle a avancé vers la rive, vers lui, ses vêtements pressés contre sa poitrine, ses jambes et ses épaules nues, elle a passé les arbres, traversé un buisson, marché sur une roche, s'est avancée encore, elle était maintenant à dix mètres peut-être, a fait un pas encore, tout le temps elle le regardait (pourquoi ne plongeait-il pas? Pourquoi ne faisait-il rien? Pourquoi ne saluait-il pas? Au moins un geste de la main, du menton? Il sentait que sa bouche béait, il devait avoir l'air tout à fait niais, il sentait son cœur battre trop fort, le feu de son sang contre sa poitrine, contre ses jambes, son dos, sa nuque), elle s'est arrêtée tout près de l'eau, sur un étroit banc de vase, long comme une lèvre, sans les regarder il voyait les doigts de ses pieds toucher l'eau, les vaguelettes venir lécher les doigts de ses pieds, il ne regardait que son visage, ne pouvait regarder ailleurs, elle s'est tenue immobile comme lui, a paru un instant imiter son air ahuri, a penché la tête et plissé les yeux comme pour vérifier la présence d'un être vivant, bête ou humain, là-bas dans l'eau, elle a souri.

Il l'a vue se retourner, bondir, filer entre les arbres, s'enfoncer plus loin, grimper nue, leste, sur des roches, disparaître. Un long moment, il est resté immobile au même endroit, les mains agrippées aux longues herbes, la tête tournée vers les branches à travers quoi elle s'était évanouie. Feuilles et branches bruissaient encore, se figeaient bientôt, il ne restait aucune trace d'elle, de son passage ; pourtant lui ne bougeait pas, il fixait les taches de lumière sur les feuilles à l'endroit où elle avait disparu, il n'attendait rien, ne pensait à rien, avait sur ses yeux seulement, comme le soleil regardé trop longtemps, une persistance de blanc, de pâle, la forme de ses jambes et de son dos.

25

Le jour de la rencontre à la rivière a été le plus chaud de cet été. Jour sans vent, où le ciel était un soleil, un feu intense, unique, d'un bout à l'autre de l'horizon. Au-dessus des montagnes, des chemins, des arbres et de la mer, le ciel brûlait d'une seule lumière blanche.

Le lendemain, rameuté par la chaleur, l'orage est venu, violent, enroulé, déroulé dans des vitesses spectaculaires au-dessus des sommets, parfois apparu au-dessus de la mer, accompagné de nuages si épais et si noirs qu'ils faisaient tomber une nuit en plein jour, suivie aussitôt de pluies diluviennes. Les sentes et les fossés étaient des torrents, les voies jusqu'à La Caliçe étaient impraticables.

Dans la ferme, cela craquait sans qu'ils sachent si ces craquements provenaient du dehors ou du dedans, le Maître et lui entendaient les bourrasques, les charges de l'averse, les éboulis – des monceaux devaient verser, s'écrouler au-dehors –, une fois ils ont entendu un déchirement au loin, depuis les forêts sur les montagnes au nord, un cri poussé par un arbre brisé qui a percé le vacarme de la pluie et du tonnerre. Le toit de la ferme était crevé à un endroit, l'eau entrait par là, ils devaient mettre le cuveau que lui vidait régulièrement.

Plusieurs fois ce jour-là, le ciel a déversé de la grêle, elle battait le toit, de grosses billes de glace qui paraissaient vouloir assommer les intrépides, ceux qui osaient se tenir debout ; le Maître et lui restaient silencieux, assis sur leur matelas ou sur les tabourets et l'escabeau autour de la table, dans le peu de lumière des chandelles, oreilles tendues aux météores. Le Maître fumait, lisait le journal, dessinait sur des coins de feuilles dans ses carnets, lui somnolait, feuilletait l'un des livres apportés par le vieil homme, ils rentraient tous deux le cou dans les épaules quand un éclair illuminait la salle, que le tonnerre grondait tout près, derrière les murs. Les cadres des fenêtres se mettaient à trembler, ils regardaient et retenaient leur souffle. Les répits étaient rares, quand la pluie cessait, lui se dépêchait d'aller ouvrir les fenêtres pour évacuer un peu de l'humidité qui prenait les murs, le bois de la charpente et la terre battue, dehors les oiseaux faisaient un bruit du diable, filaient ventre à ras du sol, le Maître le rejoignait et tous les deux regardaient leurs vols erratiques, affolés, sur le terrain devant la ferme, entre les tas de pierres. Les nuages revenaient vite, se reformaient, fermaient le ciel, l'orage recommençait.

Le Maître et lui ont passé la journée dans l'humidité et la pénombre. Lui imaginait qu'ils étaient dans le ventre de l'Arche, dans sa cale obscure, immense, ballotés au milieu de l'océan du Déluge, ces rêveries l'endormaient, assis le coude sur la table ou allongé sur son matelas. Lors d'une accalmie, le Maître s'est dépêché de sortir pour aller aux latrines, lui somnolait et il a commencé à frotter son entrejambe – par désœuvrement, à cause d'une douceur lointaine, d'une peau exposée au soleil qu'il imaginait près de lui, contre lui, il a frotté son sexe durci avec son avant-bras, s'est retourné du côté du mur, a joui silencieusement dans le creux de sa main puis tout de suite après, s'est endormi.

Le Maître est venu le réveiller pour qu'il aille vider l'eau du cuveau, allumer le fourneau, chauffer le café, préparer le repas.

Le matin suivant, le ciel est redevenu calme, s'est étiré de bleu, il paraissait vouloir repousser les nuages, faire de la place pour un nouveau soleil. La pluie était maintenant continue mais elle était légère, vaporeuse. Le Maître a décidé de redescendre à La Caliçe, il se débarbouillait, époussetait pantalons, chaussures et jaquette, rajustait le nœud de sa cravate, il chantonnait, sourire aux lèvres, son air préféré *Nous sommes les carabiniers, la sécurité des foyers, mais par un malheureux hasard, au secours des particuliers nous arrivons toujours trop tard.*

26

Il revenait du puits quand il l'a vue. Elle était accroupie dos contre la porte de la ferme.

Il n'a pas été surpris, il a cru qu'il était simplement en train de rêver éveillé, qu'elle était une illusion, la concrétion naturelle des pensées qui tournaient sans cesse en lui depuis deux jours, depuis leur rencontre à la rivière. Elle était toujours là, dans un coin de sa tête ou au centre de ses pensées, il se rappelait chaque détail de son apparition, de sa marche jusqu'à la rive, il se rappelait sa nudité, ses hanches, ses épaules, les ombres dans son cou, la fossette à son menton, les vêtements qu'elle pressait contre elle, qui lui cachaient le ventre, la poitrine, le haut des jambes, il se rappelait ses yeux, son visage, le sourire qu'elle avait lancé dans sa direction, son brusque tour sur elle-même, son évanouissement entre les arbres. Quoi qu'il fasse, quoi qu'il pense, ce sourire était en lui, autour de lui, il changeait l'atmosphère, transportait chacune des minutes qu'il vivait en d'autres minutes, simultanées et différentes, minutes doublées, chargées d'intensité sourde. Le souvenir de ce sourire apparaissait au bord des choses, aux franges de son regard, comme un halo – mais rien n'était certain ; de temps à autre, le souvenir de ce sourire le piquait sans prévenir, il sentait une excitation douloureuse et douce, cela provoquait en lui des pulsations rouges comme la pointe d'une aiguille qui serait venue se presser contre sa chair, quelque part dans sa poitrine, à l'endroit du souffle et des départs du sang.

Pourtant, l'apparition là-bas, contre la porte de la ferme, ne se dissipait pas, il ne la quittait pas des yeux mais elle ne disparaissait pas, elle n'était pas une hallucination, elle persistait, si réelle qu'il n'a pas fait attention, son pied est allé cogner contre une pierre, il en a renversé le seau, une bonne partie de l'eau s'est répandue sur le sol. Elle a ri – et le bruit de sa voix était bien réel lui aussi –, elle s'est redressée, a penché son corps vers lui. Sa présence, sa façon de se tenir, de rire, de le regarder lui disaient de ne pas s'étonner, d'avancer sans crainte. Il s'est senti, là, debout au milieu du pierrier, le seau à moitié vide dans une main, incapable de faire un pas de plus, un petit animal craintif que la jeune femme appelait à elle par ses regards, mains ouvertes, tendues vers lui, dans un geste d'invite – *allons viens, approche. N'aie pas peur.*

Elle était plus grande que lui d'une demi-tête au moins, elle devait avoir deux ou trois ans de plus, ce qui, à cet âge, fait la différence d'un monde.

Tu m'invites ?

D'un mouvement de la tête, elle a désigné la porte derrière elle.

Tu es le fils du vieux peintre ?

Cette question supposait une réponse longue, une explication, mais il savait qu'il n'en était pas capable à ce moment.

Non. Je l'aide, c'est tout. Je suis son assistant.

C'est le mot qu'utilisait le Maître, il le présentait parfois en disant

voici mon assistant

lui a été content d'avoir prononcé ce mot car il faisait sérieux, c'était un mot adulte, il le rendait moins enfant, le grandissait *je suis son assistant.*

Elle était debout près de la table, sa robe blanche en lin faisait une tache claire dans la pénombre de la fin d'après-midi. Le ciel s'était couvert, par la porte laissée ouverte, il a entendu le froissement d'une averse au-dehors

tu me montres les tableaux ?

Elle s'est accroupie pour mieux voir les toiles posées contre le mur, c'était les quelques travaux que le Maître avait faits depuis leur arrivée. Il a sorti les carnets, les dessins. Elle s'est assise à la table pour les regarder, lui tournait les pages. La jeune fille ne disait rien, elle hochait seulement la tête, la penchait contre son épaule, paraissait vouloir comprendre tel détail, reconnaître tel lieu. Dehors, la pluie tombait plus forte, frappait le seuil, des rafales parfois la faisaient jaillir à l'intérieur de la pièce comme des grains jetés.

27

Elle avait tout regardé des images du Maître, maintenant elle levait les yeux sur la grande pièce sombre, sur les meubles et les objets, la cheminée, la malle, le chevalet, les boîtes de couleurs, les paniers, les ustensiles de cuisine, le garde-manger, le fourneau, les bougeoirs et les chandelles posés sur l'escabeau et sur la table

tu me regardes ? Pourquoi tu me regardes ?

Il n'était pas certain – que voulait-elle dire ? Que voulait-elle lui demander ? Voulait-elle savoir pourquoi il la regardait à cet instant alors qu'ils étaient assis l'un à côté de l'autre ? Ou pourquoi il l'avait regardée au restaurant puis plus tard, au bord de la rivière ? À la lenteur et au calme de sa voix, quand elle avait posé la question, il a compris qu'elle parlait sans doute de ces regards-là – de ceux qu'il avait portés sur elle sur la terrasse du restaurant tandis qu'elle allait et venait entre les tables, s'approchait de la leur, passait la langue sur la mine de son crayon, notait leur commande, retournait dans la salle, du regard qu'il avait posé, long, sur elle au bord de la rivière

pourquoi tu me regardes ?

d'une même voix lente, tranquille, les mots de sa question posés (a-t-il senti) tout autour de lui, comme un piège se referme – que devait-il répondre ? Que pouvait-il répondre ? Comment sortir de l'enclos de cette question ? Il ne pouvait pas répondre que non, il ne l'avait pas regardée, elle se trompait, elle imaginait, jamais il ne l'avait regardée, c'était un hasard, un accident, il n'avait pas fait attention, il ne pouvait pas lui répondre cela parce que c'était faux et il ne voulait pas mentir, il ne voulait surtout pas mentir à ce visage si proche du sien, à ces yeux noirs qui se posaient partout sur son visage à lui, il ne voulait pas mentir car alors ça aurait été briser quelque chose

tu ne veux pas me dire

cela soufflé à son oreille et la main de la jeune fille s'est posée sur sa joue, a attiré son visage contre ses lèvres.

Combien de temps plus tard ? Il ne savait pas, il avait comme perdu connaissance, ils s'étaient embrassés un moment, un long moment, combien de temps ? Il était incapable de se faire une idée du temps qui venait de s'écouler, ils s'étaient embrassés à la table puis leurs corps s'étaient levés ensemble, étaient retombés mais doucement, avec lenteur, comme si les jambes leur manquaient, ils avaient continué à s'embrasser sur le sol de terre battue, de cela il se souvenait, puis, sans se séparer, ils s'étaient relevés et maintenant ils étaient dehors, sur le seuil de la ferme, elle assise sur la dalle de pierre, lui à genoux à son côté, son bras enserré entre ses jambes à elle, entre ses cuisses ; son bras suivait un mouvement qu'elle faisait passer en lui, lui, tête relevée, recueillait ses halètements, sa langue, lui entièrement présent à cette chaleur et, dans le même temps, séparé de l'étreinte, observant les deux corps sous la pluie légère, observant les yeux fermés de la jeune fille, sa tête renversée, son avant-bras à lui enfoui contre le haut de ses cuisses à elle, contre le tissu de lin et la peau, observant le baiser et la caresse, acteur et spectateur ensemble, ébloui par la lucidité de ces minutes.

Plus tard encore, toujours dehors sur le seuil de la ferme, avec les nuages de pluie maintenant dispersés, le soleil revenu, sa lumière passée au travers des arbres, il regardait les bras nus de la jeune fille, le duvet blond, la chair de poule, les gouttelettes d'eau sur sa peau, le creux à son épaule, à la naissance du cou. Elle était allongée tête contre sa jambe, il voyait ses cheveux noirs dispersés, leurs reflets rouges dans la lumière de fin du jour. Elle lui présentait son visage à l'envers, il ne le reconnaissait pas, il regardait chaque détail, le front renversé, les pommettes, les yeux tellement différents quand il les découvrait ainsi, la fossette au menton ; les deux arrondis de chair, de chaque côté de la fossette, paraissaient deux roches lisses – cette image l'a saisi et alors le visage s'est recomposé à partir de là – lèvres, nez, arête du nez, yeux, ridules, cils, joues, tempes, oreilles, sourcils, front – son regard arpentait le visage et celui-ci se recomposait au fur et à mesure en montuosités, plaines, vallées, gouffres, crêtes, ravines, jusqu'à ce que, enfin, il le retrouve intact, paysage.

28

Elle est revenue deux fois à la ferme, les jours où elle ne travaillait pas au restaurant. Il ne lui posait pas de question mais croyait comprendre, à ses explications, qu'elle n'était pas obligée de faire le service tous les jours, qu'elle choisissait ses repos, elle faisait un peu ce qu'elle voulait ; avec lui aussi, c'était elle qui décidait de ce qu'ils feraient, quand il était temps de parler et quand il était temps de se taire et s'embrasser. C'était elle qui le guidait sur le sol ou sur une chaise ou sur l'escabeau, elle qui lui montrait les gestes, lui disait d'aller moins vite, de prendre le temps, de se calmer, elle riait parce que son visage devenait si rouge, elle posait une main sur son épaule, autour de sa nuque, elle l'enfourchait, s'asseyait sur lui, jupe relevée, lui disait d'aller plus vite, maintenant plus vite, serrait les jambes autour de ses hanches, lui se laissait faire, se laissait porter par ce corps, par ces mains, par ces jambes en tenaille ; elle lui prenait une main, la posait sur sa poitrine, passait son tricot par-dessus sa tête, dénudait ses seins, il les caressait, les sentait fermes sous sa main, ils se soulevaient, s'abaissaient, son menton à elle pressé contre le sommet de son crâne, son corps torse nu ondulait contre le sien, lui se tenait sous sa respiration, sentait son souffle chaud descendre sur lui, chaque instant plus rapide. Cela durait puis elle se calmait, s'écartait légèrement, glissait une main entre leurs corps, appuyait la paume contre son sexe gros, ses doigts, il les sentait qui essayaient d'attraper sa ceinture, la défaire, baisser son pantalon sur ses cuisses. Ce qu'il éprouvait alors, il n'aurait su le dire – c'était quelque chose de féroce et de rayonnant, une intensité qui envahissait son corps entier. Avec la main, paume appuyée et roulée contre son membre découvert, elle le faisait jouir une fois, deux fois, elle l'embrassait, guidait encore sa main entre ses jambes à elle, ils recommençaient, lui joue pressée contre son ventre à elle, bouche nez yeux enfouis dans la peau tendue, agitée de son ventre à elle, il ne voyait plus rien, n'entendait plus rien, d'une main il la soulevait sans savoir, sans comprendre, elle lui paraissait si haute, il l'imaginait si grande, si démesurée qu'elle devait toucher les solives là-haut, se perdre dans ces hauteurs inconnues, proches du ciel.

Après, ils restaient un moment étendus l'un près de l'autre, se relevaient enfin, trouvaient à boire, à manger. Ils parlaient. Il lui a demandé son prénom, a senti qu'Agnès se confondait parfaitement avec sa peau hâlée, signait naturellement sa présence, son corps assis maintenant près de lui. Son prénom à lui l'a fait rire, elle a déclaré qu'il ne lui allait pas du tout, Martial était un prénom, a-t-elle dit, fait de pics, de lames, de choses qui blessent, elle ne l'aimait pas, mais aussitôt après elle a ajouté que lui, elle l'aimait bien.

La seconde fois, elle est venue tôt, juste après le départ du Maître. Elle lui a demandé s'il voulait l'accompagner à la rivière. Elle avait apporté du pain, de la viande séchée et des fruits dans un sac, ils sont montés jusqu'au sommet de la côte, de là ont rejoint la vallée et la rivière.

Elle connaissait un endroit, entre les arbres, une clairière plane, couverte d'herbe comme un tapis disait-elle, c'était là où il l'avait surprise quelques jours plus tôt. Depuis certains endroits ici, ils pouvaient devenir invisibles. Après les caresses, ils voulaient se baigner mais l'eau avait fraîchi, ils restaient sur la rive, pieds dans la vase, ils s'éclaboussaient et riaient, lui regardait son corps à elle penché sur l'eau, près de lui ce corps élancé, ce visage, ces cheveux bouclés tombés sur les épaules nues. Il s'est aperçu que les heures auprès d'elle étaient des éclipses quand, assis dans la clairière, un fruit à la bouche, il a levé la tête, vu le ciel assombri, la teinte de métal bleu qu'il avait pris, les traits de nuages, là-haut, précipités en direction des terres, emportés par le galop du soir. Il pensait qu'ils étaient ici depuis une heure, deux heures tout au plus, alors qu'ils venaient, en réalité, d'y passer l'après-midi entier, jusqu'aux premiers moments du soir.

Il faisait nuit quand ils sont revenus à la ferme, une lumière à l'intérieur signalait la présence du Maître. Elle n'a pas voulu entrer, a voulu repartir tout de suite, elle l'a embrassé, ses yeux, sa bouche presque tout à fait invisibles dans la pénombre, elle s'est détournée pour redescendre en direction de La Caliçe, a disparu si vite, en dix pas sa silhouette était indécelable de l'ombre des arbres.

29

Il ne l'a plus revue. Le Maître et lui sont repartis le lendemain.

Ce soir-là, après la journée passée avec elle au bord de la rivière, il a trouvé le vieux peintre renfrogné, contrarié, une colère rubiconde sur le visage, sa mâchoire contractée. Dans ces moments-là, il le savait trop bien, il devait se faire le plus discret possible, il marchait sur la pointe des pieds, prévenait du mieux qu'il pouvait tous les desiderata du Maître ; il a allumé les chandelles, a rapproché le journal sur la table, est allé chauffer de l'eau pour le café. Le Maître ne bougeait pas de sa place, il n'avait retiré ni sa jaquette ni sa veste, avait gardé son chapeau, il ressemblait à une pesante statue assise sur sa chaise, à un vigile sombre, seul son cou bougeait, ses yeux le suivaient lui, qui allait et venait dans la grande pièce, sortait les assiettes, les verres, découpait le pain, préparait le dîner.

Le Maître ne lui a pas posé de question, ne lui a pas demandé ce qu'il était allé faire l'après-midi, il tenait la tête penchée par-dessus son assiette de soupe, le bord de son chapeau appuyé contre le bois de la table ; il y avait quelque chose de drôle à contempler ce chapeau sans visage, à l'entendre aspirer invisiblement les cuillers de soupe. Le Maître a fini par relever la tête, sans un regard pour lui a grogné *demain. On rentre demain à Barzacq.*

Il n'était pas question de discuter.

Lui ne s'y attendait pas – pas un instant il n'avait imaginé que le départ serait si soudain. L'hiver dernier, le Maître avait parlé de rester tout l'été dans le Sud, jusqu'au commencement de l'automne. Maintenant tout était changé, ils allaient rentrer dix jours avant septembre.

Le Maître était à nouveau penché contre la table, dissimulé derrière le large bord de son chapeau, lui l'entendait aspirer la soupe, à chaque aspiration il sentait une lame, elle pénétrait son corps – à quel endroit ? Il ne savait pas. La douleur, venue d'un coup avec les paroles du Maître, irradiait, elle le rendait incapable de faire un geste, de réfléchir ; il voyait le chapeau avaler sa soupe de l'autre côté de la table et cependant, peu à peu, les lieux de la douleur se précisaient – dans la gorge, la poitrine, sous le crâne, entre les jambes. Ses oreilles bourdonnaient, un poids l'écrasait aux épaules, à la nuque, les objets étaient flous devant lui – *il ne la reverrait pas !*

Il n'avait pas l'habitude de discuter les décisions du Maître mais celle-ci lui semblait affreusement injuste. Il a voulu dire un mot, dire que ce n'était pas ce que le Maître avait promis, qu'il pensait qu'ils resteraient plus longtemps, qu'il pensait qu'il était décidé qu'ils resteraient plus longtemps, que ce n'était pas juste, ce n'était pas bien de repartir si tôt mais l'autre en face s'est contenté de repousser son assiette, d'essuyer sa bouche avec le dos de sa main, de fourrer du tabac dans sa pipe, de répéter enfin •

on rentre demain. Une voiture part de la Caliçe à huit heures demain matin. Tu ferais bien de commencer à réunir les affaires.

Cette nuit-là, allongé sur son matelas, il ne dormait pas, il pensait à ses hanches, à ses seins, à ses cheveux, à ses boucles brunes tombées sur ses épaules, à son visage éclairé par les rires, il pensait qu'elle était si proche maintenant mais que demain, à la même heure, elle serait si loin – elle était si proche à cette heure, mais où était-elle ? Il a eu le désir violent de sortir, de se précipiter vers la Caliçe, d'aller la retrouver dans le village de Guérain, il ne savait pas où elle habitait, il se disait qu'il serait allé auprès de toutes les maisons, il aurait ramassé de petits cailloux qu'il aurait lancés aux carreaux des fenêtres, il aurait demandé à quelqu'un si on savait où vivait Agnès, la jeune serveuse dans le restaurant au bord de la mer, mais cela n'avait pas de sens, il risquait surtout de se faire rosser, sans compter qu'elle habitait peut-être loin de Guérain, loin de la Caliçe, dans un autre village, un autre hameau, il n'en savait rien, n'avait aucun indice. Alors, elle se présentait à lui comme une pointe claire, minuscule, perdue dans l'immensité des terres obscures qu'il imaginait de l'autre côté des murs. Il ne dormait pas, il formait des prières inventées, des incantations, il espérait la faire réapparaître par son nom répété, par le rappel fervent de son corps, il imaginait qu'elle revenait à la ferme cette nuit ou tôt le matin, avant leur départ, il écoutait les bruits au-dehors, il comprenait qu'elle était là, sur le seuil de la ferme, elle grattait le bois pour l'appeler, il entrouvrait la porte, elle lui attrapait la main, l'entraînait, ils s'enfuyaient entre les amoncellements de pierres, sur la pente vers la Caliçe, ils filaient à une vitesse impossible vers la côte et la mer, pressés l'un contre l'autre, en course bientôt dans la pleine lumière, dans un ciel éclatant, elle s'enroulait maintenant autour de lui, lapait ses lèvres, sa langue, l'éclat brûlait leurs yeux, il ne savait plus à qui appartenait cette bouche, à qui ces mains, ces bras qui enserraient un corps, ils avaient quitté le sol – il s'était endormi.

30

La très sale humeur du Maître le lendemain matin. Il aboyait après les porteurs, criait après lui, ils n'allaient pas assez vite, risquaient de tout briser, s'y prenaient *comme des invertébrés*, la descente jusqu'à la Caliçe avait été une épreuve. À un moment, dans un virage serré, lui avait laissé échapper la malle, elle avait cogné contre une pierre, le Maître, alors, avait brandi une badine arrachée au bord de la sente
triple idiot ! Ce n'est pas des mains que tu as, c'est des sabots !

Le cocher avait eu droit lui aussi à sa bordée de reproches – les affaires étaient mal accrochées, elles risquaient de se détacher au moindre nid-de-poule, n'y avait-il donc pas un gramme de raison dans la tête des gens ce matin, fallait-il toujours composer avec des incapables ?

Une fois en route, le Maître s'est renfrogné dans son coin de banquette, le chapeau enfoncé jusqu'aux yeux, il n'a plus ouvert la bouche. Dans l'ombre, lui voyait la braise rougeoyer dans le fourneau de la pipe.

Le Maître et lui ont remonté ainsi, sans échanger un mot, la longue vallée du fleuve. Les autres passagers discutaient à voix basse mais lui n'entendait rien.

Le ciel était serein, la grande largeur d'eau grise et noire s'enroulait à certains endroits de torsades sombres, des algues sans doute ou des branchages ou d'autres choses encore qui émergeaient du fond de vase, se trouvaient emportées dans des courants. À d'autres endroits, la surface du fleuve devenait lisse et cela lui pinçait le cœur – cette eau étale, étendue sous les ombres des arbres et des ponts, sous la lumière du soleil –, il y reconnaissait une peau – sa peau à elle et comme elle était douce, tendue, lissée à la naissance du cou, au creux du ventre, à l'intérieur des cuisses, il lui faisait mal ce fleuve parfois ouvert en deux quand ils croisaient une île, un bras de terre ; il détournait la tête.

C'était nuit quand ils sont arrivés à Barzacq.

31

Il lui a fallu du temps pour percer le mystère de ce départ impromptu.

D'abord, il y a eu l'énigme du chapeau. Le Maître ne l'a pas ôté plusieurs semaines durant, du matin au soir il le gardait enfoncé jusqu'au-dessus des yeux, ne le retirait que pour dormir, quand toutes les lumières étaient éteintes dans la maison. Un après-midi de grand vent, le chapeau s'est envolé et lui a aperçu le trait rouge, net et droit, la blessure qui barrait le front du vieil homme.

À Barzacq, il a surpris les conversations, les bribes d'histoires, les racontars, il tendait l'oreille aux étals, dans les files du marché, au passage par la porte ouverte du café, sur la place, près du parvis du temple, il croisait des voisines sur le seuil de leurs maisons, tête de l'une contre tête de l'autre, elles se passaient des anecdotes sur le périple du Maître dans les pays du Sud. Deux histoires différentes s'emmêlaient. Petit à petit, il a fini par en rassembler les morceaux ; il y avait l'histoire d'une femme que le Maître avait rencontrée plusieurs fois en cachette jusqu'au jour où le mari les avait pris sur le fait, il y avait eu une dispute violente, des insultes, des coups échangés, une fourche avait été sortie, lancée, par chance les lames avaient seulement effleuré la tête du Maître. L'autre histoire parlait de dettes de jeu, de tricheries, de menaces, de malfrats, de gangs criminels, chacun ajoutait des détails, on imaginait ces bandits et le Maître parmi eux, on imaginait un règlement de comptes, des couteaux tirés, des revolvers, on exagérait sans doute. Tout cet automne, et l'hiver et le printemps qui ont suivi, les mésaventures du Maître dans le Sud ont nourri les conversations de Barzacq et de ses environs.

C'est à cette époque que lui a commencé à dessiner. À dessiner puis à peindre.

Quand le Maître n'était pas là, il volait des crayons et des feuilles qu'il arrachait précautionneusement des cahiers. Plus tard, il a dérobé des couleurs, il les prélevait des tubes en très petites quantités pour que le Maître ne remarque rien, il les serrait dans des bouchons, dans des poches qu'il fabriquait. Avec ce matériel réduit, il se donnait l'impression d'être un tout petit artiste, un peintre miniature installé dans l'ombre du grand.

Il dessinait et peignait surtout le soir, quand le Maître était au café, ou pendant la journée quand celui-ci s'en allait donner ses leçons ou rendre les visites qu'il voulait faire seul.

Il ne se demandait jamais ce qu'il allait dessiner, quel serait le sujet de son dessin, de sa peinture, il approchait la lampe, s'asseyait à la table et commençait, traçait. Il essayait de suivre, avec sa main, une vision imprécise, changeante qu'il avait dans la tête – en réalité, ce n'était pas une simple vision mais plutôt une sensation complexe, multiple, assemblée de choses senties, touchées, goûtées, vues, entendues, c'était en lui une présence qui engageait tous ses sens, dirigeait, comme malgré lui, sa main sur la feuille.

En réalité encore, cette sensation n'était pas seulement dans sa tête mais passait dans son corps entier, venait de son ventre, de sa poitrine, d'un déchirement impossible à situer. Dès qu'il en avait le temps, il se dépêchait de sortir son petit matériel et il dessinait et peignait sur ces coins de feuille, là où il trouvait encore de la place sur le papier. Il allumait la lampe quand il faisait trop sombre dans la maison, quand la neige, montée haut, obstruait la fenêtre. Son avidité à dessiner et à peindre lui faisait mal, surtout au début, quand il ne savait pas du tout comment s'y prendre, que le résultat de son travail lui paraissait absolument éloigné de ce qui aurait pu le combler, du moins, un peu, le satisfaire.

Il dessinait et peignait à la poursuite d'une chose manquante. Il était assoiffé et sa soif lui était révélée par l'acte de dessiner et de peindre. Dans le même temps – et cela lui faisait l'effet d'un tournoiement qui l'aspirait chaque fois, le laissait épuisé à la fin, quand il fallait arrêter, ranger et cacher le matériel –, dessiner et peindre étaient les seuls à pouvoir calmer cette soif, ce manque.

32

Il guettait chaque départ du Maître, attendait qu'il ait disparu au tournant du chemin ou qu'il ait passé le talus dans le pré en contrebas, rejoint les rives de la Gavelle ; alors il se précipitait, soulevait son matelas et la dalle au-dessous, attrapait le matériel qu'il tenait caché là.

Il sortait de la maison, allait dans la grande pièce à l'arrière où étaient rangés les tableaux, parmi eux choisissait ceux qui lui semblaient les plus faciles, dont les formes lui paraissaient les plus simples. Ses premiers essais, de sujets libres, ne l'avaient pas convaincu, il s'appliquait désormais à recopier au crayon les toiles du maître, traçait du mieux qu'il pouvait, sur sa feuille, la masse d'une montagne, d'un nuage, d'un feuillage, l'ovale d'un lac, la silhouette lointaine d'un personnage à l'horizon d'une route.

Il n'aurait pas su dire si les peintures du Maître étaient belles, si elles étaient réussies. Sans doute l'étaient-elles puisque plusieurs trouvaient à se vendre, on passait des commandes au vieux peintre. Lui remarquait surtout les formes, elles étaient simples, nettes, blocs assemblés de couleurs unies. Parfois, il ne comprenait pas ce que ces formes représentaient mais il sentait que la main qui les avait peintes n'avait pas tremblé et cette assurance signifiait une force : le Maître avait su donner formes et couleurs à une chose au-dedans, à des impressions et des émotions d'ordinaire cachées. Dans ces toiles de formats différents, un secret avait été saisi et rendu visible – mais sans rien perdre, à ses yeux à lui, de sa nature secrète.

Il travaillait avec zèle, il dessinait plusieurs fois le même modèle mais ne comprenait pas pourquoi, malgré tous ses efforts pour être le plus fidèle possible, le résultat finissait toujours par être si différent. Dans ses dessins, il ne reconnaissait jamais ce qu'il avait vu dans les tableaux du Maître.

Il comparait les éléments du tableau qu'il avait recopié avec les traits appuyés, les tracés laborieux sur sa feuille, et il croyait comprendre qu'il était incapable, qu'une part de lui était débile, infirme ; il imaginait une main, un bras, une jambe, un pied – comme il y a, chez certaines personnes, un membre qui n'a pas poussé, n'a pas grandi comme il aurait dû mais est resté dans un état primitif, rabougri, bourgeon de chair inutile.

Pourtant, il persévérait. Dès qu'il en avait l'occasion, il sortait le matériel, reprenait les dessins. Il a décidé de ne plus copier les tableaux du Maître et ce jour-là il s'est assis à la table, une feuille vierge devant lui, il a regardé un moment les choses autour, les murs, le paysage de neige encadré par la fenêtre, les objets familiers dans la pièce, il pensait qu'il ne saurait pas quoi faire, quoi tracer, il ne saurait pas par où commencer. Il a fermé les yeux.

Alors, dans le silence de la maison, en ce début d'après-midi – lui immobile, assis le dos droit contre le dossier de la chaise, attentif à quelque chose qui maintenant sourdait depuis l'intérieur, comme une source, un écoulement mince –, une image s'est formée, une apparition d'horizons bousculés, de ravines, de crevasses, de crêtes, d'éboulis avec, au centre, effilée parmi les masses ombreuses, déchirées, une langue de bleus – une profondeur, une échappée. Cette image, selon toute vraisemblance, était un paysage ; il a même reconnu – là, dans ce creusement de bleus – la mer partagée avec le ciel.

Mais il y avait autre chose encore : ce qui paraissait être un paysage s'enflait et se rétractait, recommençait, à la façon d'un organisme vivant et l'image chaque fois se modifiait, l'ensemble devenait indécis, lui n'était plus certain qu'il s'agît bien d'un paysage. Il a alors rouvert les yeux.

Avec le crayon, il a essayé de reproduire ce qui était venu, il a multiplié les traits, les a assemblés en une longue écriture torse, emmêlée, il la maintenait dans un cadre resserré lequel prenait, au fur et à mesure, une forme arrondie. Une fois le dessin achevé, sans même prendre le temps d'examiner le résultat, il s'est levé, est allé voler un peu de peinture dans l'un des tubes du Maître, puis, avec beaucoup de circonspection, les poils du pinceau à peine appuyés contre le papier, il a ajouté le bleu au plein centre, à l'endroit où devaient être le ciel et la mer.

Les jours suivants, l'image est revenue et il a fait une série de ces petits dessins ronds ; ils apparaissaient en plusieurs endroits sur les feuilles, chacun avec sa ponctuation de bleu.

33

Il est allé aux couleurs avec beaucoup de lenteur, de précaution.

Le bleu d'abord. Il l'a travaillé longtemps dans ses nuances et ses mélanges, aussi dans le geste du pinceau – une double ponctuation d'un seul mouvement, les poils à peine pressés sur le papier, deux touches claires, l'une relevée, l'autre abaissée vers la première. C'était peu, pourtant il était rarement satisfait, il lui semblait que ces bleus voulaient trop en dire, parlaient trop fort, avec un luxe de mots qui ne convenait pas.

À force d'hésitations et de reprises, il a fini par savoir contenir les bleus, par leur faire exprimer ce qui était nécessaire et seulement cela.

L'hiver touchait à sa fin quand il a décidé d'ajouter les verts et les bruns.

Un soir des premiers jours de mai, le Maître, assis à table après le souper, s'est baissé et a ramassé une feuille sur laquelle était l'un de ces dessins ; le papier avait dû glisser, se coincer sous un pied de la table, lui ne l'avait pas remarqué. Il s'attendait à une rouste, à des insultes, une punition, ses oreilles lui brûlaient par avance mais le Maître n'a pas crié, il s'est contenté d'examiner un moment le dessin, tête penchée sur son épaule, il a fini par lever les yeux
c'est toi, dis, qui as fait ça ?

le peintre tournait et retournait la feuille entre ses mains

c'est curieux

ce qui était surtout curieux, c'était la forme du dessin, ce tracé ovale, nettement circonscrit et pourtant sans trait pour l'encadrer, cela ressemblait à un médaillon qui aurait été découpé sur une image plus grande, sur un modèle plus vaste ; il a tourné la feuille dans un autre sens, l'a tenue à bout de bras ; une autre chose était curieuse dans cette image – lui écoutait le Maître, abasourdi qu'il prît ainsi de l'intérêt à son gribouillage, il se demandait si ce n'était pas un jeu, une feinte de sa part, une façon de se moquer et dans un instant, sans prévenir, il allait froisser la feuille, la jeter par terre, frapper du poing contre la table, entrer dans l'une de ses colères –, l'autre chose étonnante était qu'on ne parvenait pas à saisir tout à fait ce qui était représenté, au premier coup d'œil on croyait à un paysage, cerné dans son ovale, mais à regarder plus attentivement, ce paysage finissait par devenir incertain, se confondre, changer de nature – le Maître parlait maintenant d'une voix très lente, il ne quittait pas des yeux le dessin, semblait chercher ses mots dans les traits, il passait l'index sur la feuille, s'arrêtait sur les très petites taches de verts, de bleus, de bruns –, autre chose apparaissait, comme par en-dessous, mais quoi? Le Maître a froncé les sourcils, s'est tu un instant, concentré sur l'image

un visage!

il a ri de sa découverte

c'est un visage! Oui, pas de doute! Il est comme caché dans le paysage mais si on fait bien attention, on finit par le voir!

il a ri plus fort

c'est un paysage-visage!

son rire était franc, il ne moquait pas.

Avec un large sourire, le Maître lui a tendu la feuille par-dessus la table mais lui était tellement stupéfait par ce qui venait de se passer, par ce que le peintre venait de dire, qu'il était paralysé, incapable de seulement lever le bras pour prendre le dessin.

Plus tard ce même soir, le Maître a encore parlé du petit tableau. Il y avait des maladresses bien sûr, beaucoup de maladresses, il allait falloir travailler
mais je vais te donner des leçons – d'accord? Je vais te montrer deux-trois choses, je vais te donner des conseils.

34

Lui ne savait pas ce que contenaient les casiers disposés sur les étagères dans la pièce à l'arrière de la maison, où étaient rangés les tableaux du Maître ; ils contenaient des gravures par dizaines, serrées entre des feuilles, des copies gravées de tableaux de toutes les époques, des enluminures, des scènes religieuses, d'autres encore tirées de récits de l'Antiquité, de la mythologie. Plusieurs jours, le Maître les lui a montrées, lui a expliqué qui était l'auteur de chacune, ce qu'elles représentaient, lui a expliqué les ombres et les lumières, les coloris des chairs, les plissures des habits et des coiffes, les aspects des paysages, les choix des couleurs, lui a raconté le premier plan, l'arrière-plan, la perspective linéaire, les reflets, la révolution du nombre d'or, du point d'or. D'un casier fermé par une petite serrure, le Maître a sorti de nouvelles images, a expliqué que c'était des estampes, qu'elles venaient du Japon. Au premier regard, lui n'a pas compris ce qu'il avait sous les yeux, il a vu, au centre de décors rectilignes, sobres, de couleurs pâles, des enchevêtrements de tissus, une espèce de monstre à deux têtes humaines, c'était des accouplements, des pénétrations sans fard représentées avec des traits nets, énergiques, mais il y avait aussi de la douceur dans ces corps en partie dénudés, emmêlés, les chevelures en particulier, a-t-il senti, étaient belles, paraissaient non pas de femmes ni d'hommes mais d'êtres hors de ce monde, d'êtres forgés dans une perfection qui ne se rencontre pas ici ; dans ces gravures, la nature, découverte à travers les pans rectangulaires des fenêtres et des ouvertures, était représentée avec la même énergie calme, les branches, parfois fleuries de rouge ou de blanc, surgissaient en éclairs noirs, apaisés.

Un jour d'août, le Maître et lui ont fait le voyage jusqu'à Saint-Louvain, le peintre voulait lui montrer une exposition. Elle se tenait dans une série de salles au rez-de-chaussée de l'Hôtel de Ville. Le Maître ne s'est arrêté sur aucun des premiers tableaux, il a couru jusqu'à la dernière salle. Là, sur le mur du fond, deux peintures étaient exposées, éclairées par la lumière du soleil qui tombait des hautes fenêtres ; c'était ces tableaux que voulait lui faire voir le Maître.

Lui a écouté les explications, a regardé avec une grande attention les deux toiles ; elles étaient de formats petits et allongés, représentaient des paysages mais troubles, dérangés, traversés de langues de feu, de vagues d'obscurité, les formes et les couleurs se dressaient et s'effondraient ensemble, tout vacillait dans les images à l'intérieur des cadres dorés, il voyait aussi des silhouettes, elles devaient être humaines et animales, faites de griffes, de crêtes, de saillies ; dans le tableau de gauche, il reconnaissait l'intérieur d'une usine, une succession de fourneaux dans quoi brûlait du métal en fusion ; dans le tableau de droite, une prairie comme une pleine mer chahutait sous un ciel de nuit.

Le Maître parlait avec excitation, montrait chaque détail des deux tableaux, expliquait que l'artiste qui avait peint ces toiles était de la région, il était né à Saint-Louvain, il était maintenant célébré dans le pays entier, et même au-delà des frontières, de l'autre côté des océans, des expositions de son œuvre étaient organisées dans le monde entier, sur tous les continents ! Lui regardait les tableaux et écoutait le Maître mais il ne comprenait pas le rapport qu'il pouvait y avoir entre la célébrité de l'artiste et cette révolte de formes et de couleurs.

35

Tenir un crayon, tracer des lettres – cela lui avait été appris chez les curés. De ses six à ses onze ans, le Maître l'avait envoyé en pension à l'école Saint-Éloi de La Faye, à une quinzaine de kilomètres au nord de Barzacq.

Il rentrait chez le Maître les samedis, retournait à La Faye les dimanches après-midi. Ces années de pension avaient été pour lui l'interminable traversée d'un tunnel. Il avait détesté l'odeur et le froid dans les couloirs et le dortoir, les pavés, les arbres maigres, les tuiles au sommet des murs qui fermaient la cour, il avait détesté la lumière toujours pâle à travers les fenêtres du réfectoire et des salles de classe, les livres épais dont les pages de papier bible, quand on lui demandait de les ouvrir, entaillaient la jointure de ses doigts, provoquaient une plaie qui guérissait avec une lenteur sournoise. Il avait détesté la peau sèche des mains et des visages des curés, leurs silhouettes droites dans les soutanes usées, rigides, il avait eu peur, souvent, de leurs badines et des missels qu'ils tenaient serrés dans leur dos.

Lui et les autres enfants étudiaient dans les *classes noires*, ils les appelaient ainsi parce que Saint-Éloi se trouvait dans le voisinage d'une charbonnerie : de l'automne au printemps, les murs étaient recouverts d'une couche de suie qui résistait à tous les brossages.

Toutes ces années, il n'avait pas eu d'ami ni de confident. Il avait fait de son mieux pour disparaître aux yeux de ses maîtres et de ses camarades.

Il ne pensait pas qu'un jour tracer avec un crayon sur une feuille serait pour lui autre chose qu'une contrainte, lui procurerait d'autres sensations que le déplaisir et la peine. Pourtant, depuis qu'il avait commencé ses dessins, il découvrait que noircir une feuille à la mine, ajouter des couleurs au pinceau, cela provoquait, parfois, quelque chose comme une joie – étincelle, elle brûlait vive, si vite devenait cendre, mais il l'avait sentie, il en était sûr.

Il n'avait jamais réfléchi au manque qui creusait en lui, jamais prêté attention à cette absence en compagnie de laquelle il vivait. Il ne savait pas qu'il portait en lui le vide profond d'une affection refusée, il ne savait pas que ce chagrin vague, continu, à l'objet mal saisi, n'était pas l'unique nature d'une existence ; il pouvait y avoir autre chose : des couleurs et de la lumière. Il pouvait y avoir du contentement.

Il savait que le bonheur était désormais possible – du moins sous une forme fugitive –, l'apparition de la mer, le corps et les mains d'Agnès le lui avaient appris, les petits dessins le lui rappelaient parfois, comme par accident, aux moments où il s'y attendait le moins.

Ces petits dessins étaient davantage pour lui. Ils étaient le rappel des choses perdues, une manière de faire revenir cet amour avalé par la pénombre, dans la sente vers la Caliçe. Dessiner, ajouter les couleurs à sa façon modeste, était comme rendre possible, à nouveau, la présence d'Agnès. Elle était dans chacun de ses dessins – non pas affirmative et sensible, mais dans un refus que chaque nouvelle image, venue sous sa main, scellait.

Le Maître l'aidait, le conseillait sur le matériel, sur les techniques à utiliser, souvent il l'invitait à reprendre tel ou tel de ses tracés, à travailler encore les couleurs. Il lui donnait des exercices, lui imposait des thèmes, des modèles.

Lui avait beau se faire violence, essayer d'autres manières de dessiner et de peindre, choisir de nouvelles formes, des sujets différents, cela n'allait jamais, le résultat paraissait forcé. Il revenait toujours à ces petits tableaux plus ou moins ronds et ovales, à *ses médaillons* comme les appelait le Maître, à ces paysages étranges à l'intérieur desquels se dissimulaient – vibrations fragiles, rythmes d'un chant – les visages.

36

Une rotation à peine du bassin et des jambes, et voici l'Envolée projetée à travers des rondes de ciels jusqu'auprès de l'homme et de l'enfant. Ils sont tous les deux dans le pré, devant la cabane. L'homme est accroupi, des pinceaux tenus du bout des doigts, qu'il agite au-dessus du visage du petit.

Bleu joue, il essaie d'attraper ce qui vole, ouvre les mains, les referme sur le vide, chaque fois cela le fait rire. Lui fait danser, voler les pinceaux comme de petits oiseaux insolents. Bleu et lui passent un long moment ainsi, l'enfant ne se lasse pas, il réclame encore le vol des pinceaux, hoquette de rire chaque fois que sa main rate, ses yeux se plissent, sa bouche s'ouvre en un o pincé, il est concentré sur cela qui danse sur le ciel, il veut l'attraper pour le porter à sa bouche, il agite les mains hors de la couverture.

Lui veut peindre le portrait de Bleu, il sort une feuille, les crayons, la couleur, il sort aussi le matelas, le déplie et l'étale dans l'herbe devant la cabane, installe Bleu dans la lumière, se penche, contemple le visage de l'enfant ; mais il ne trouve pas par où commencer, il n'a encore jamais peint de visage si lisse et si pur, si plein de santé, sans aspérité aucune, il croit avoir sous les yeux un paysage de lune ronde, le visage de Bleu est une pleine lune de conte.

Maintenant, il ne peint plus que cela – des visages.

D'abord, aux premiers temps de son installation dans la cabane, auprès de la mer, il a peint des visages rappelés de son passé. Plus tard, après l'épisode de l'Envolée, les gens du pays lui ont commandé des portraits de leurs proches, parfois d'eux-mêmes. Lui retrouve les gestes, dessine de nouveaux médaillons, mais maintenant il commence par tracer l'intérieur des visages, il en suit les lignes, les plats, les arrondis, les reliefs, les broussailles, les zones claires, lumineuses, chaque portrait sous son crayon s'assemble autour d'éléments d'un paysage, chaque fois différent ; on croit reconnaître des yeux mais ce peut aussi bien être des clairières ou des lacs, un menton, des fossettes, des joues sont collines, montagnes, un front devient plage, baie, crique, une chevelure forme ciel, météores ; il mélange les couleurs pâles, les roses, les gris, les rouges, avec des verts, des bleus, des bruns terreux.

Il abandonne le portrait qu'il veut faire de Bleu. Il soulève l'enfant, le prend contre lui. Le ciel de ce début d'après-midi est maintenant dégagé, la lumière du soleil les réchauffe, lui assis sur le banc, l'enfant agrippé à sa chemise, tenu entre ses bras.

Le corps du très-petit se presse contre sa poitrine, sa tête dodeline, lui pose la main contre la nuque de l'enfant. Bleu lève le menton, le regarde avec ses yeux plus clairs aujourd'hui, pupilles gris sombre, voilées. Lui pense alors – cette pensée le traverse comme un trait, il en a le souffle coupé – qu'il suffirait de peu pour que ça devienne vrai, pour que Bleu devienne l'enfant ici. Qu'il grandisse auprès de lui. Il se prend à rêver, il voit Bleu plus grand, debout, malhabile, dans l'herbe de la clairière, il a un an, il fait ses premiers pas en direction du muret en contrebas, il tombe sur les fesses, se tourne vers lui qui l'encourage depuis le seuil de la cabane, il l'entend prononcer ses premiers mots – comment Bleu l'appellera-t-il ? En vérité, il sait comment Bleu l'appellera, il ne peut pas y avoir d'autre nom, mais imaginer ce nom donné à lui par l'enfant fait comme une torsion à l'intérieur de sa poitrine, il croit qu'une main se saisit et enserre, presse son cœur, et elle le fait si fort qu'il jaillit de là une gerbe de feu, élancée dans toutes les directions. Ce n'est qu'un mot de rien pourtant, deux syllabes enfantines. Mais maintenant qu'il imagine Bleu les prononcer pour l'appeler, lui, ces deux syllabes font, dans son esprit et son corps, la double déflagration d'un fusil.

Il ne pensait pas qu'un mot si simple, si innocent et ingénu, contienne autant de poudre, autant de plomb, puisse ainsi crever la peau.

37

Bleu s'est endormi, mais bientôt il va se réveiller et il voudra manger. Lui a déjà l'habitude, il sait comment l'enfant s'agite quand il veut faire comprendre qu'il a faim, il se tortille, son visage se plisse comme une prune d'un coup séchée, il tourne ses yeux gris partout, bientôt il va se mettre à réclamer, par cris et par pleurs. Cette fois, il ne lui en laisse pas le temps, il le soulève et l'emporte à l'intérieur de la cabane, il se dépêche de sortir le pain, d'en retirer la mie dont il fait de très petits morceaux entre ses doigts, il verse du lait dans un bol, trempe le pain dans le lait frais, va prendre le broc d'eau, imbibe un tissu propre ; il a remarqué que Bleu aimait ça, prendre dans sa bouche un tissu imbibé d'eau après avoir mangé le pain, il tète longtemps le coin et très vite s'endort.

Lui rentre le matelas, l'installe contre le mur au fond, dans l'ombre, y allonge Bleu endormi. Avant de ressortir, il allume le poêle.

Il s'assied sur le banc dehors, près du seuil de la cabane. Il ne s'éloigne pas trop, il ne voudrait pas ne pas être là quand Bleu se réveillera et cherchera une présence, il ne voudrait pas que l'enfant se retrouve seul ne serait-ce qu'un instant. Il tend l'oreille, attentif au moindre mouvement sur le matelas à l'intérieur, au moindre froissement du drap ou de la couverture. Il veut que Bleu sente que lui est bien là, toujours là – grand corps fidèle –, il veut que sa propre présence pèse dans le giron de l'enfant comme ferait un tombereau de terre ou la souche d'un grand arbre. Il veut que l'enfant s'abandonne sans crainte au sommeil, qu'il s'en aille au plus loin dans les régions des songes, mais que toujours il se réveille avec la certitude que lui sera là, lui corps géant avec ses mains qui l'attrapent, le soulèvent, l'emportent, lui donnent, du bout des doigts, la béquée, caressent le sommet de sa tête, lui veut que Bleu ait la certitude, dans son esprit d'enfant, que les ombres de la solitude ont toutes été écartées.

Bleu dort à poings fermés, tourné contre le mur du fond de la cabane. Lui se demande ce qu'il faudrait faire pour qu'on lui accorde la garde de l'enfant, il pourrait faire une demande officielle – et pourquoi pas ? –, il se prend à rêver, il imagine la présence de Bleu prolongée, l'enfant et lui compagnons dans l'hiver, dans le redoux, à la venue de l'été. Mais il sait que ce ne sont que des songeries, personne ne lui accordera le droit de garder Bleu. Deux jours et une nuit que l'enfant est ici, auprès de lui, et c'est déjà trop ; si quelqu'un survenait et découvrait la présence du petit, qui sait ce qui se passerait ? Lui, sûrement, serait accusé d'avoir volé le nouveau-né, on lui passerait les chaînes, on le jetterait dans une prison, on lui poserait mille questions, on ne voudrait pas croire à ses explications, on le condamnerait, il finirait au bagne. Il connaît l'existence de ce bagne, sur l'île du Faïol, caillou noir que l'on aperçoit à l'horizon quand on va plus à l'ouest, que l'on passe les calanques après Haut-Salon.

Avec son visage crevé, il le sait, il se trouverait des dizaines de femmes et d'hommes pour lui interdire la garde de l'enfant et l'envoyer faire le bagnard. Des histoires circulent sur son compte, il en surprend parfois, on raconte qu'il a des pouvoirs mauvais, qu'il est de mèche avec le diable, il est sorcier. Malgré les prodiges qu'on lui attribue – ou plutôt à cause de ceux-ci –, il se trouve beaucoup de gens dans le pays qui aimeraient bien se débarrasser de l'hérétique ; cet enfant serait un bon moyen, il entend déjà les histoires : il a empoisonné les parents, dérobé le nouveau-né, l'a emporté de nuit serré dans son sac de toile, les gens racontent comment l'homme au visage rogné a traversé les terres sur ses jambes de géant, a couru comme un démon, comme un ogre, l'enfant dans le sac, jeté par-dessus l'épaule, personne ne les a vus, personne ne les a entendus, l'enfant volé, le Gueule demi et sa course de sortilèges.

Un matin, sur la grand-place de Maindon où la foule des fidèles sortait de l'église, il a entendu une femme, qui ne savait pas qu'il était quelques pas seulement derrière elle, dire à des enfants de se tenir, d'être bien sage et pieux
sinon le Gueule demi viendra vous emporter la nuit, quand vous dormirez et que vous ne pourrez rien, ni appeler ni vous défendre, le Gueule demi viendra vous voler de votre lit, il vous emportera dieu sait où, dans quelles ténèbres.

Quel enfant, en vérité, voudrait partager la compagnie d'un être difforme, à la gueule déchirée ? Et quelle existence pourrait-il offrir au très-petit, sinon sa solitude et son exil ?

Non – il ne doit pas garder Bleu. L'enfant aura une meilleure vie loin de lui, loin de son visage crevé, de ses miracles de rebouteux, de son existence solitaire. Il faut qu'il l'emmène au couvent de Saint-Hilaire, près de Vizan, là où sont laissés les enfants sans parentèle, envoyés ensuite dans des institutions aux quatre coins du pays. Il décide que demain, il l'emmènera là-bas.

Mais il y a autre chose encore dans cette décision qu'il prend de ne pas garder Bleu auprès de lui – un acquiescement à certains abandons, à certaines pertes, certains éboulements que rien ne peut retenir et qui vont disparaître dans des obscurités.

Il sait pourquoi il ne veut pas faire le portrait de l'enfant, pourquoi il ne doit pas le faire mais le laisser aux souffles. Et dans la douleur qu'il sent, de devoir être séparé de Bleu, frémit, singulière, une consolation : celle de la part du monde qui, nécessairement, échappe.

38

Cet après-midi-là, Bleu dort longtemps, il ne se réveille qu'aux premières heures du soir, quand la lumière baisse, prend cette clarté opaque, bleu gris, et que depuis la mer le vent se lève, couche les herbes longues poussées entre les pierres du muret.

Tu as bien dormi, dis donc, tu as dormi tout ton soûl

lui tend son doigt à l'enfant, attend que celui-ci l'attrape, cela prend un peu de temps mais il ne veut rien précipiter, Bleu doit décider de venir à lui, en confiance. Bientôt, avec un rire encore ensommeillé, l'enfant extrait son bras de la couverture, sa main petite et ronde se déplie lentement comme ferait un insecte, attrape enfin l'index, se referme sur lui.

Avant que Bleu ne réclame à manger, lui le dépose sur la table et entreprend de le laver et de le changer. Il a déjà tout préparé : les linges, une bassine d'eau tiède, le pain de savon. La toilette est l'occasion de nouveaux jeux et de rires, lui remarque que certains replis du corps de Bleu sont gris de crasse, il lave longtemps l'enfant, l'asperge avec l'eau de la bassine, fait tomber des gouttes sur ses joues et son front, cela fait tellement rire Bleu que lui a un peu peur qu'il en oublie de reprendre son souffle. Il l'habille de tissus propres, l'allonge sur le matelas, Bleu commence à s'agiter

un peu de patience, tu veux. Je vais préparer le repas et après, qu'est-ce que tu en dis ? on fera un tour dehors.

Assis à table, il installe Bleu sur le haut de ses cuisses, l'adosse contre son ventre. Il lui donne à manger et mange à son tour. Par la fenêtre, il voit la pente prise dans la lumière du dernier soleil.

Après le repas, il emporte Bleu contre son épaule. Ils sortent. Il fait doux, le vent venu de la mer ne souffle presque plus. Il marche un moment, descend jusqu'au muret, Bleu contre lui n'arrête pas de relever la tête, elle danse sur son cou, l'enfant interroge les ombres autour, ses petites mains enfoncées dans son cou à lui.

À cet instant, le soleil disparaît dans la mer, une dernière lumière s'engouffre et grimpe les falaises, découpe d'un fil rouge la silhouette des roches et des pins puis tout est pris par l'obscurité. Sur la pente où Bleu et lui se tiennent, les bruits changent, assourdis par la pénombre. L'air d'un coup devient humide.

Ils rentrent. Il fait tiède encore à l'intérieur de la cabane. Bleu s'endort déjà, son front roule contre son épaule à lui. Il le couche sur le matelas, le borde dans la couverture. Il va laver et ranger l'assiette, le bol, les couverts, il ajoute du bois dans le poêle, referme la grille afin que le feu se réduise et brûle plus longtemps. Il range aussi ses affaires de peinture, va fermer le volet.

Maintenant il fait tout à fait nuit au-dehors, un vent plus fort vient de se lever.

Sur la pente de la clairière, prise entre les bourrasques, se tient la formule d'ombre de la cabane. À travers les planches mal jointes du volet, on distingue un cil de clarté – puis il s'éteint.

Cette nuit, lui sera réveillé par l'averse, elle tombera dru contre la tôle du toit, ce sera une pluie noire, chargée du sable du désert, il n'aura pas besoin de sortir pour le savoir, il le saura par la brûlure à l'intérieur de la plaie de son visage.

39

Cette sensation de brûlure, dans la cavité de sa joue arrachée, est apparue après l'épisode de l'incendie.

Il avait quitté l'hôpital et était installé dans la cabane depuis un peu plus de deux mois quand un feu s'est déclaré au milieu de la nuit dans l'une des maisons du centre de Maindon, à l'angle de la place de l'église. Les flammes ont dévoré si vite les chambres que la famille à l'intérieur s'est retrouvée prisonnière. Les voisins, levés à la hâte, venus en nombre, n'ont rien pu faire, ils ont assisté au terrible spectacle des explosions qui soufflaient les fenêtres, des silhouettes qui s'agitaient à travers le rouge ; ils ne pouvaient approcher la fournaise, tiraient l'eau de la fontaine sur la place, transportaient les seaux jusqu'au plus près de la maison, mais sur chaque gerbe d'eau lancée, le feu se refermait avec des jaillissements d'étincelles puis se relançait de plus belle, il paraissait ne jamais vouloir s'éteindre, au contraire il grandissait, gagnait en violence, en férocité, l'incendie semblait rire des efforts des voisins et des habitants venus en renfort, il riait comme le diable, chaque seau était pour lui un festin, le feu se régalait, grossissait encore, devenait incontrôlable, la façade n'était plus qu'une large langue de feu tirée vers le ciel de nuit. Au-dessus des têtes, au-dessus des toits de Maindon, cela tournait au seul rouge, des flammèches de couleurs s'élançaient dans les airs, illuminaient l'espace. À l'aube, avec l'aide des sapeurs-pompiers venus de Vizan, les habitants ont fini par éteindre l'incendie et éviter que le feu se propage aux autres maisons.

Ce matin-là, sous l'averse, les gens de Maindon contemplaient l'énorme fumée noire, la grosse bête repue qui s'élevait des restes calcinés.

Plus tard, quand il n'est resté plus rien à voir que la cendre retombée avec la pluie, les fumerolles échappées de la ruine, les habitants ont quitté la place, par groupes ils sont allés par les ruelles et les rues.

On ne sait pas qui a été à l'origine de la rumeur mais parmi certains un mot est monté, a enflé, repris par plusieurs
c'est le monstre ! C'est à cause du monstre !

Ce feu, cet incendie hors du commun, d'une violence que personne n'avait jamais vue, ce ne pouvait être que l'œuvre du diable ou d'un démon, les paroles s'enchaînaient, c'était au moins l'œuvre d'un monstre, ce n'était peut-être pas un hasard si cette catastrophe était arrivée si peu de temps après l'installation de l'étranger – celui au visage crevé –, sa face trouée ne disait rien de bon à personne, il cachait quelque chose cet homme qui en était à peine un, il n'y avait qu'à voir sa tête pour savoir qu'il n'était pas comme les autres, comme un homme complet, avec ses deux joues, ses deux oreilles entières, certains l'avaient croisé sur le sentier de la mer, il n'était pas humain ; il fallait aller le voir pour lui demander ce qu'il avait fait cette nuit, s'il savait quelque chose au sujet de l'incendie, il aurait sûrement des choses à raconter.

Une dizaine d'hommes et de femmes sont allés le trouver, il était en train de peindre quand il a entendu les coups frappés à la porte de la cabane ; il a découvert les visages noirs de suie, les bouches ouvertes, tordues par la colère *c'est toi, l'incendie ?*

Il ne comprenait pas.

Qu'est-ce que tu as fait cette nuit ?

Tu es allé mettre le feu ?

Avoue : c'est toi qui es allé mettre le feu !

Il essayait de comprendre, ceux près de lui le tiraient hors de la cabane, il essayait de comprendre ce qu'ils lui voulaient, il essayait de demander de quoi ils parlaient mais il ne savait pas encore bien prononcer les syllabes avec sa mâchoire à moitié décharnée, avec la peur aussi, la surprise, il ne pouvait que pousser des grognements, il tendait les bras en avant pour montrer qu'il ne portait rien sur lui, qu'il n'avait rien, des mains le serraient fort, l'empoignaient par les épaules, l'entraînaient sur la pente, d'autres mains agrippaient son col à le faire suffoquer. Alors une pierre a volé, heurté son crâne, le groupe aussitôt a reculé, lui est tombé sur les genoux, a senti une douleur vive au-dessus de son oreille intacte. Il y a eu une rumeur parmi ces hommes et ces femmes qu'il ne connaissait pas, il a eu le réflexe de se protéger avec ses avant-bras mais aucun autre projectile n'a été lancé. Il est resté un moment sans oser bouger, agenouillé dans l'herbe, la tête cachée sous ses bras, il ne sentait que l'averse battre son dos, n'entendait que le froissement de la pluie contre la terre.

Quand enfin il a relevé les yeux, il était seul sur la pente. Ses vêtements et ses mains étaient trempés de traînées brunâtres. Sa joue creuse brûlait.

40

Pourquoi ne l'ont-ils pas lynché ce matin de pluie? Plusieurs jours, alors qu'il essayait de calmer les tremblements qui le prenaient à tout moment, qu'il restait enfermé dans la cabane, porte verrouillée, qu'il ne mangeait, ne dormait presque plus, il s'est posé la question – pourquoi ne lui avaient-ils pas lancé, de toute la force de leur rage, d'autres pierres, d'autres pierres encore, jusqu'à ne laisser de lui qu'une charpie? Peut-être, a-t-il fini par penser, parce qu'il était tombé à genoux devant eux ; ce mouvement l'avait sauvé, eux autour l'avaient vu se protéger la tête sous les bras, faire le dos rond, se tenir immobile dans l'herbe trempée. Ils avaient dû être frappés par cette supplication. Peut-être, à cet instant, était-il revenu parmi l'humanité.

Il ne s'est plus jamais entendu traiter de *monstre*.

Pourtant, son existence n'est pas devenue plus facile. Ses premières années dans le pays du Sud ont été d'une absolue solitude, ses uniques compagnons, longtemps, ont été le mistral et la mer, la poussière et les fétus envolés dans la chaleur, les paroles et les vols des insectes et des oiseaux, et les navires au loin, leur passage blanc sur le bleu. Les feuilles de papier aussi, les couleurs, les crayons, les pinceaux et parfois, quand il parvenait à sauver assez d'argent, une toile.

Bientôt, sa part de l'héritage du Maître a été dépensée. Les soins avaient coûté très cher ; au bout de quatre mois, il ne restait presque plus rien de l'argent qu'il avait emporté en quittant le plateau.

Avant l'accident, il avait imaginé gagner sa vie comme le Maître, par la vente de tableaux, par des commandes et des leçons de dessin. Mais ses tableaux à lui, qui en aurait voulu ? Quel amateur aurait souhaité acquérir pour sa collection l'un de ces médaillons enchâssés de couleurs pauvres, l'un de ces visages enfuis à l'intérieur de paysages indécis ? Il ne se pensait pas capable non plus de donner de leçons ; le Maître était diplômé des Beaux-Arts, quand lui n'avait aucune référence. Et désormais, de toutes les façons, qui voudrait d'un professeur aussi répugnant, avec sa tête ouverte, sa chair à nu ?

Il n'avait pas d'autre choix, il devait aller à la recherche d'un travail, il accepterait n'importe lequel, là où l'on voudrait bien de lui.

Le premier emploi qu'il a trouvé a été dans une tannerie, à quelques kilomètres de Maindon. Une année durant, il a écharné et rogné les peaux, tâche dure et ingrate, la paie était dérisoire, la fatigue immense, il a vécu cette année comme tenu dans une grande main de lassitude, les soirs il rentrait hébété à la cabane avec, sur ses vêtements et sa peau, l'odeur acide et aigre. Un matin de février, l'un des tanneurs s'est coupé trois doigts de la main gauche et les jours suivants, les autres ont commencé à le regarder de travers, le patron l'a appelé, lui a expliqué que les ouvriers pensaient que c'était lui le responsable de l'accident, le patron s'emmêlait dans ses explications, les ouvriers ne voulaient pas dire qu'il était réellement responsable, non, mais ils s'étaient imaginé que c'était à cause de son visage (le patron lorgnait le bout de ses chaussures en disant cela), les ouvriers pensaient que sa joue arrachée portait la poisse, apportait les malheurs. Une heure après, il était renvoyé.

Deux semaines plus tard, un pêcheur de La-Pierre-Saint-Christophe a accepté de l'embaucher mais après quelques jours de pêche maigre, de casiers remontés presque vides, il lui a donné sa solde et son congé, il a parlé du mauvais œil, a grommelé dans la broussaille de sa barbe
pour aller à la mer il est besoin d'avoir un visage entier.

41

Il s'est fait journalier, a trouvé à se faire embaucher pour la récolte dans un verger à l'entrée de Vizan, plus tard comme manouvrier sur un chantier dans les hauteurs de Consorce-le-Vieux où un mois durant il a transporté pierres, mortier et chevrons. Mais bientôt plus personne n'a fait appel à lui. Il allait frapper aux portes, se portait volontaire pour tous les travaux, on lui répondait qu'il n'y avait pas de place, on lui conseillait de revenir dans un jour ou deux. Quand il revenait, personne n'avait plus le temps de le recevoir.

Sans travail, sans revenu, qu'allait-il devenir? Il ne pourrait pas garder la cabane, il faudrait déménager – pour aller où? Peut-être trouverait-il à se faire embaucher dans le nord, à l'intérieur des terres, il n'avait pas d'histoire là-bas, pas de passé, les gens auraient peut-être moins de préjugés. Pourtant, il repoussait cette idée, il ne voulait pas s'éloigner de la mer. Il était à sa place ici, dans la cabane au-dessus du sentier de mer, sur cette pente au bord de cette falaise qui, après quelques mètres depuis le seuil de son abri, dégringolait à pic, découvrait, entre les arbres et les rochers, à travers une longue fissure creusée d'ombres, la tache bleue. Vivre loin d'ici, il ne saurait pas.

Un soir, alors qu'il venait de passer une nouvelle journée, depuis l'aube, à chercher à se faire embaucher, qu'il avait parcouru la côte sur plusieurs kilomètres, s'approchant des

pêcheurs qui débarquaient, leur demandant s'ils n'avaient pas besoin d'aide au moins pour quelques heures, se faisant rudoyer, il est rentré une fois encore les poches vides. Il s'est assis à la table pour compter et recompter le peu de pièces qui lui restait, les disposait en petites colonnes devant lui. Il s'était enveloppé dans une couverture, il n'utilisait plus le poêle depuis plusieurs semaines, sa tête lui tournait à cause de la faim, du froid, de la fatigue, à cause, surtout, de l'angoisse. Il comptait, recomptait les pièces, il pourrait tenir encore cinq jours, une semaine tout au plus – et après? Il pourrait vendre son matériel de peinture, le peu de choses qui lui appartenaient, avec ça il tiendrait encore une quinzaine, un mois peut-être
et après?
il ne voulait pas aller plus loin, ses pensées se tenaient au bord d'un abîme. Après, il le savait, il faudrait vendre la cabane, quitter les lieux.

On a frappé à la porte. Qui pouvait bien venir le trouver à cette heure? Avec un peu de crainte, il est allé ouvrir. Un homme qu'il n'avait jamais vu se tenait sur le seuil, les cheveux ébouriffés et la face rougie par la pluie froide. Pouvait-il l'accompagner, maintenant, jusqu'à Maindon? Et emporter avec lui ses affaires de peinture? On le réclamait pour faire un portrait.

42

Il est allé prendre sa veste, a enveloppé son matériel dans un sac de toile, l'a passé sur son épaule puis il cst sorti rejoindre l'inconnu. Ils ont descendu la pente et se sont engagés sur le sentier, dans la direction de Maindon. Dehors, la pluie ne tombait presque plus, le brouillard était dense, le crépuscule se répandait autour d'eux en palpitations sourdes et sanguines, ils croyaient avancer au cœur d'un incendie lointain.

L'homme marchait vite, lui devait faire de grandes enjambées pour rester à sa hauteur. Il a mordu sa joue, pincé sa moitié de lèvre et articulé le plus clairement qu'il pouvait

monsieur, je peux vous demander qui veut que je fasse son portrait ?

L'homme a ralenti, s'est tourné vers lui

c'est ma fille.

Il s'est tu un instant

peut-être que vous avez entendu parler d'elle ? Tout le monde à Maindon l'appelle « l'Envolée ».

Oui, il avait entendu parler de l'Envolée. Il avait entendu des histoires à son sujet – les gens disaient qu'elle était une très jeune fille, qu'elle habitait dans l'une des maisons du village, les gens racontaient que depuis plusieurs années elle ne sortait plus de chez elle, qu'elle avait attrapé une maladie, mais ce n'était pas un mal du corps, sa maladie était dans sa tête – les gens parlaient d'une *maladie de l'âme.* Il avait aussi entendu dire que la jeune fille racontait parfois les étranges voyages qu'elle faisait, elle ne quittait pas son lit mais affirmait qu'elle pouvait voyager à travers les airs, aller partout où elle le désirait, comme un oiseau ; c'est pour cela que les gens lui avaient donné ce surnom d'*Envolée.* Mais lui n'avait jamais vraiment cru à ces histoires, il en circulait tellement à Maindon et dans les villages alentour, il pensait que c'était des fables pour les veillées.

La nuit tombait, le monde disparaissait dans l'obscurité et la brume. L'homme et lui venaient de dépasser la forêt de pins, ils grimpaient maintenant la côte, bientôt ils arriveraient à Maindon. L'homme expliquait que sa fille n'avait plus quitté son lit depuis sa onzième année ; elle venait d'avoir seize ans. Personne ne savait pourquoi, personne ne savait quel était son mal, les docteurs ne comprenaient pas, les remèdes qu'ils donnaient ne faisaient aucun bien. Tout le jour et toute la nuit, leur fille restait allongée dans son lit. Elle parlait peu et quand elle le faisait, c'était pour raconter ses envolées, ses invraisemblables voyages dans les airs. Elle était joyeuse de nature, elle souriait souvent, parfois elle riait, ses yeux étaient vifs, ils se portaient sur les choses et les personnes autour d'elle avec curiosité. Elle mangeait à peine, pouvait passer plus d'une semaine sans rien avaler de solide, elle buvait seulement l'eau que ses parents laissaient chaque soir sur la table de chevet. C'était eux, la mère et le père, qui lavaient la jeune fille, la changeaient, vidaient le pot qu'ils glissaient sous le lit.

Tout cela est un si grand mystère

lui comprenait que c'était surtout, pour cet homme, un désarroi profond.

Malgré toutes ces années passées dans son lit, leur fille était en parfaite santé. Les docteurs déclaraient que c'était là une énigme pour la science, ils s'étonnaient, venaient de toute la région pour examiner le prodige. Ils affirmaient que depuis tout ce temps les muscles de la jeune fille auraient dû fondre, elle aurait dû n'avoir plus que la peau sur les os, son corps aurait dû s'atrophier, se couvrir d'escarres et de plaies, elle aurait dû souffrir d'anémie, avoir de graves problèmes au cœur et au cerveau, ses os auraient dû devenir friables, insupportablement fragiles. Il n'en était rien : la jeune fille grandissait, la plante de ses pieds touchait maintenant au bois du lit, son corps était ferme, robuste, sa peau souple, elle avait les joues rondes et roses comme n'importe quelle gamine de son âge qui travaille aux champs et qui, les soirs d'été, s'en va danser aux bals.

Les parents ne voulaient plus recevoir les docteurs depuis que ceux-ci avaient laissé entendre que toute cette affaire devait sûrement être une mise en scène. Depuis cinq années, leur fille n'avait plus quitté son lit, rien n'était plus vrai – l'homme soupirait.

Lui l'écoutait et il croyait avancer dans un rêve – mais non : il était bel et bien éveillé, entraîné sur les chemins de nuit, sous la pluie froide, à la poursuite d'un conte, d'une imagination.

Un vent frais a commencé à souffler, à les pousser dans le dos. Ils entraient dans le village, longeaient les premières maisons ; ils les distinguaient à peine, devinaient seulement leur présence tout au fond de l'ombre.

Après une centaine de mètres, l'homme a tourné dans une ruelle à gauche, ensemble ils ont grimpé un escalier de marches basses, l'homme l'emmenait vers le haut Maindon
un peu plus tôt cet après-midi, notre fille nous a appelés, sa mère et moi

ils avaient accouru à son chevet, l'avait trouvée les joues très rouges, plus nerveuse qu'à son habitude, elle faisait des minauderies, recoiffait follement les mèches de ses cheveux courts. Elle avait levé les yeux vers eux, leur avait demandé *dites ! vous savez ce que j'aimerais ? J'aimerais beaucoup rencontrer le peintre, celui qui habite la cabane sur les hauteurs près de la mer, celui avec son visage blessé – j'aimerais beaucoup qu'il vienne ici et fasse mon portrait !*

43

Une bougie en partie consumée était posée sur la table de chevet, elle éclairait la chambre de l'Envolée. La jeune fille s'était redressée sur son coussin, ses yeux brillaient
bonjour monsieur ! Oh bonjour ! Je vous attendais !

La flamme formait une alcôve de clarté dans la pièce sombre. Les parents et lui s'approchaient avec circonspection, cou tendu, tête en avant, ils entraient dans la lumière.

Une chaise avait été placée près du lit. Ce qu'au premier coup d'œil il avait pris pour un gros insecte noir sur le mur était en réalité un crucifix.

La nuit dehors poussait ses mains de vent contre les carreaux. À cet instant, lui, debout près du lit, a eu une sensation impromptue, si puissante qu'elle a chassé toutes les autres impressions et pensées confuses qu'il avait en lui – il a senti que cette chambre, dans laquelle il venait de pénétrer, était le dernier foyer de lumière dans le monde, tout le reste, au-delà, était à la nuit, envahi par le royaume d'ombre, il ne restait nulle part aucune présence, nulle part aucun signe de vie sinon cette goutte de feu et son halo tremblant, les quelques personnes et objets pris dedans. Il imaginait tenir dans un point lumineux, esseulé dans l'obscurité vaste et totale, et tandis qu'il approchait du lit, il a senti qu'il venait d'entrer non pas dans la simple chambre d'une jeune fille mais dans un lieu beaucoup plus éloigné dans l'espace et le temps, un lieu si loin d'ici et de maintenant qu'il ne portait pas encore de nom – ou plutôt il était le lieu clair du premier balbutiement, précédant la mémoire. Lui se tenait immobile, trop troublé pour pouvoir avancer. Il croyait percevoir un chant encore silencieux.

L'Envolée, adossée contre l'oreiller, ne le quittait pas des yeux. Le visage de la jeune fille l'a aussitôt rappelé à la réalité autour de lui, aux parents qui se tenaient dans son dos, aux gémissements du vent de l'autre côté de la fenêtre, à l'obscurité dans la chambre, aux murs chaulés, à l'arrondi de la lumière.

À l'invitation du père, il s'est assis sur la chaise près du lit. L'Envolée, les bras passés par-dessus les couvertures, lui souriait ; il a relevé le col de sa veste, a penché un peu la tête, il essayait de tenir cachée la crevasse de son visage, il ne voulait pas effrayer la jeune fille. Il a pincé sa moitié de lèvre, avec lenteur il a articulé les paroles qu'il avait préparées avant d'entrer dans la chambre

votre père m'a dit que vous m'aviez réclamé, mademoiselle. Il m'a dit que vous souhaitiez que je fasse votre portrait. Pardon, mais puis-je vous demander comment vous avez su que je peignais ?

La fille avait les cheveux noirs, coupés très courts, à la garçonne, ses yeux avaient l'éclat de l'enfance, il était impossible d'imaginer qu'elle n'avait pas quitté son lit depuis tant d'années, elle paraissait plutôt être rentrée à l'instant d'une sortie à travers les rues de Maindon, à travers la nuit de vent, ses joues étaient roses comme si elle venait de courir, de grimper quatre à quatre les escaliers de la maison, de se précipiter dans sa chambre, de se glisser sous les couvertures, juste à temps avant l'arrivée des visiteurs. Il sentait émaner d'elle l'énergie d'un corps jeune ; cependant le lit était enfoncé profondément, plus qu'il n'aurait dû l'être, son dos et ses jambes disparaissaient dans des ornières creusées dans l'épaisseur du matelas.

Mille choses l'étonnaient, un essaim de questions bourdonnaient dans son crâne mais c'était surtout cette fraîcheur de la jeune fille alitée qui le déconcertait, aussi ses marques de coquetterie, les bracelets à ses poignets, le pendentif ouvragé d'une petite pierre verte, translucide. Il regardait l'Envolée et avait ensemble la vision d'une anomalie et d'une existence ordinaire, celle d'une adolescente sans histoire, qui aurait gardé le lit quelques jours pour soigner une banale maladie de saison.

Comment savait-elle qu'il peignait des portraits ? Cela l'intriguait tellement qu'il en oubliait de dissimuler sa face déchirée, il la tournait maintenant vers elle, sa plaie éclairée en plein par la flamme de la bougie.

Debout derrière lui, la mère et le père étaient attentifs. Pour eux aussi l'instant était nouveau, extraordinaire. L'Envolée a eu un rire bref, elle regardait bien en face le visiteur, elle ne détournait pas les yeux, elle ne paraissait pas dégoûtée ni apeurée par la crevasse de chair, elle a plissé les yeux, a ri encore, sa voix était celle d'une toute jeune fille
je connais très bien les portraits que vous faites, monsieur. En vérité, je vous connais depuis si longtemps !

44

L'Envolée lui propose de commencer à peindre sans attendre. Elle s'adresse à lui avec douceur, elle ne veut pas le brusquer, elle a toujours ce large sourire, elle le regarde se pencher et sortir un carnet et une petite boîte du sac posé près de la chaise, ouvrir le carnet sur ses genoux, faire de premiers tracés à l'aide d'un crayon à la pointe fine ; sur le blanc de la feuille apparaissent de premiers fils gris enchevêtrés, ils prennent, trait à trait, la forme d'un ovale. Lui hésite, recommence plusieurs fois l'attaque de son dessin, il n'a pas l'habitude de travailler en présence d'autres personnes et c'est la première fois qu'il dessine sur le vif, face à son modèle.

Si vous êtes d'accord monsieur, et surtout si cela ne vous dérange pas, ne vous empêche pas de travailler, je vais vous raconter, je vais vous dire comment je vous connais depuis si longtemps, comment je sais que vous êtes peintre, comment je sais que vous faites des portraits
il lève la tête, déclare qu'il écoute. La jeune fille se redresse, cale son dos bien droit contre l'oreiller
avant tout, monsieur, j'aimerais que vous compreniez que ce que je vais vous dire est la vérité, ce ne sont pas des choses déraisonnables même s'il est tout naturel que vous ayez du mal à me croire. Mais je n'invente rien, je ne suis pas folle
elle rit
j'ai bien toute ma tête.

La voix de l'Envolée est calme, posée, lui s'étonne qu'une si jeune fille sache aussi bien s'exprimer, avec des mots choisis, aux contours nets, il lui semble qu'elle a réfléchi longuement à ce qu'elle veut dire maintenant, ses paroles se déroulent claires, volent jusqu'à lui, se replient proprement au creux de ses oreilles.

Il prend une nouvelle feuille dans son carnet, il recommence, il n'est pas content de son premier dessin. Il jette des coups d'œil sur le visage de l'Envolée, trace un nouvel ovale, leur regard est à la même hauteur. Elle a la tête tournée vers lui, on dirait une enfant qui jouerait à faire le modèle, qui retiendrait du mieux qu'elle peut son impatience, mais la jeune fille ne bouge pas, elle garde la pose.

Vous avez sûrement entendu les histoires, ce que l'on raconte sur moi, que je suis capable de voler, d'aller où je veux, d'accompagner qui je veux. Les gens pensent que ce sont des délires, des inventions, comment pourrais-je faire ces choses-là alors que je ne quitte jamais ma chambre ? Pourtant, c'est vrai. Certaines fois, je me cache tout entière sous le drap et la couverture et je ferme les yeux mais en réalité je ne dors pas : je me recroqueville dans le creux de mon lit, il est assez large et profond pour que je puisse y glisser tout mon corps, et alors je quitte la chambre, je vais par les rues, au-dessus des toits, des collines, au-dessus des falaises au bord de la mer, je vais plus loin encore, parfois je visite des endroits que je ne connais pas.

Il termine de tracer l'ovale au centre de la feuille, sous son crayon l'intérieur de la forme reste vide, espace vierge en attente ; il hésite, il regarde l'Envolée puis baisse les yeux : dans le cadre de la feuille il n'y a maintenant que l'ovale évidé, vacant, mais, sent-il, chargé de présences en gestation, de vies multipliées – par où commencer, quel premier tracé ?

Il est plus simple d'imaginer mes voyages comme des envolées. De m'imaginer flottant dans les airs, emportée suivant les courants du ciel. Mais ce n'est pas exactement cela qui se produit, voyez-vous. En vérité, dans ces moments où je quitte le lit et la chambre, je me tiens sur une crête, je me tiens comme sur une frontière entre le lieu le plus intérieur, le plus profond, et le dehors le plus lointain –

il règne une douce chaleur dans la chambre, une chaleur dorée et ronde. Lui écoute la jeune fille parler, il n'est pas sûr de comprendre tout ce qu'elle dit, pourtant il ne l'interrompt pas, il la laisse faire ; ses paroles montent dans la pièce, il les voit faire, il les voit aussi bien qu'il les entend, elles montent, emplissent peu à peu l'espace entre l'Envolée et lui, s'amoncellent autour d'eux, elles roulent, s'enroulent sur elles-mêmes, vont envahir la pénombre.

Moi, je ne fais que répondre à un appel. Il survient sans que je sache, voyez-vous.

Elle secoue doucement la tête, croise ses mains par-dessus la couverture

imaginez un matin, je suis dans mon lit, dans la chambre, parmi toutes les choses familières qui sont ici, j'entends les bruits dans la maison, je regarde le paysage des toits par la fenêtre et d'un coup, sans prévenir, j'entends l'appel : je dois partir, j'ai tout juste le temps de me réfugier dans le lit, de me recroqueviller dans le matelas. Je dois me faire la plus petite possible, je dois réduire mon corps à la dimension d'une graine, je m'enfonce au centre du matelas, là où il fait un creux, je m'enfouis là, je replie mon corps du plus que je peux, et alors, je pars – ou, si vous préférez, je m'envole

il tient le crayon juste au-dessus de la feuille, il n'a pas encore commencé à tracer le portrait à l'intérieur de l'ovale.

Il écoute l'Envolée, elle est si étonnante, elle s'exprime comme une grande personne, comme une qui a connu mille et mille expériences, pourtant les choses qu'elle dit ont tout à fait l'air d'imaginations d'enfant, elles paraissent tirées des récits d'un rêve.

Une pensée le traverse : peut-être est-on en train de se jouer de lui – mais cette pensée s'évanouit aussitôt. Il sent la présence des parents restés debout derrière lui, la mère et le père silencieux, leur attention tout entière dirigée sur la scène qui se déroule devant eux, sur cet échange entre le peintre défiguré et leur fille. Cette rencontre, cette affaire de portrait, ce monologue de l'adolescente – tout cela ressemble davantage, sent-il, à un rituel, à la répétition de paroles et de gestes dont la raison d'être a été oubliée depuis longtemps. Il sait seulement qu'il doit tenir son rôle.

Il se passe la main sur la figure, ses doigts entrent dans la plaie.

Il y a un silence dans la chambre, la jeune fille lui offre à nouveau son sourire, son visage est rayonnant. Lui attend, il ne dessine pas encore le portrait, la mine de son crayon repose contre la feuille, figée sur le blanc, bec d'un très petit animal aux aguets.

45

L'Envolée pince les lèvres, tord sa bouche avec une moue enfantine

pour vous dire la vérité, monsieur, ce que je perçois dans ces moments-là, ces moments où je m'envole, ce n'est pas vraiment un appel. En vérité, je n'entends rien, il n'y a pas de parole, ça ne fait pas de bruit. Non, il n'est pas juste de dire que c'est un appel. C'est autre chose – mais comment le dire ? –, ça ressemble à une chaleur, vous voyez, comme cette sensation qui se produit après un frottement, et cette chaleur passe aussitôt sur moi, sur mon corps et à l'intérieur, dans mes membres, dans mon sang, je dois sans attendre me recroqueviller, m'enfoncer dans le lit, je me laisse entraîner, c'est un vertige, une chute depuis une hauteur inconnue et je suis emportée hors de la chambre, en un instant je traverse mille distances, je le fais aussi facilement que si je passais le seuil de cette porte

elle tend la main devant elle, vers la porte de la chambre maintenant à peine éclairée

aussi facilement que si j'allais d'une pièce à l'autre. Et tout autour de moi les voies se multiplient, elles font comme des rayons lancés dans toutes les directions, moi je les suis.

Aucun bruit dans la chambre, aucun mouvement, aucune autre présence sinon les paroles de l'Envolée et, derrière lui, l'attention sensible de la mère et du père. La lueur de la bougie les tient tous les quatre dans sa paume qui vacille

comment vous expliquer? Je vous le dis maintenant et je vois bien que mes mots sonnent faux, comme des cloches fêlées. Les mots ne conviennent pas, ils sont toujours un pas de côté, pas au bon endroit. J'essaie de vous expliquer mais ce que j'ai en tête devient un paysage flou, mes mots font comme le verre dépoli des carreaux d'une fenêtre et je voudrais m'en passer, je voudrais ouvrir en grand, ce que je voudrais surtout c'est que vous compreniez que rien n'est plus naturel et simple, rien n'est plus ordinaire que ce voyage immobile que je fais quand je me tiens repliée, les jambes serrées entre mes bras, dans le creux du matelas

ces dernières paroles sont prononcées plus vite, avec précipitation sent-il, comme pour chasser toute contradiction qui pourrait venir, comme pour appuyer une fois pour toutes sur la réalité de ce qui vient d'être dit, pour ferrer les mots, les engager au plus profond, là où ils prennent aussitôt racine et ne peuvent plus être délogés. Il ne s'agit pas de discuter, il faut seulement écouter, et les paroles de l'Envolée ne se contentent plus d'envahir l'espace autour, maintenant elles pénètrent aussi en lui, il les sent qui entrent et s'amoncellent à l'intérieur ; il entend les paroles de l'Envolée et son corps, assis sur la chaise, en devient plus tangible, plus manifeste, son corps gagne en présence ; du coin de l'œil, comme il tourne légèrement la tête de ce côté, il peut apercevoir son ombre, elle se découpe plus nette sur les lattes du plancher

oui, je vous connais depuis longtemps monsieur. Cela fait des années que je vous accompagne. Vous étiez encore un enfant quand je vous ai rencontré la première fois, vous étiez plus jeune que je ne le suis aujourd'hui, vous dormiez à poings fermés sous un tapis de feuilles mortes. Plus tard, j'étais là encore, je vous suivais tandis que vous traversiez le pays de neige, vous portiez des seaux à charbon, je me souviens, c'était tellement difficile d'avancer car la neige était haute, elle montait presque jusqu'à votre taille, pourtant vous ne vous plaigniez pas, vous enjambiez la neige tant bien que mal et comme ça vous avanciez, tenant fermement les seaux avec vos mains gelées, moi j'étais tout près, je vous accompagnais à travers la plaine enneigée.

Il commence à tracer le portrait sur la feuille posée sur ses genoux, il dessine les premiers traits du visage de l'Envolée, il n'hésite plus, laisse le crayon filer sur le papier. Sa main va son rythme qui est celui des paroles de la jeune fille, il la laisse aller, laisse sa main emportée par la voix, par le rythme de la voix, et maintenant, à l'intérieur de l'ovale, apparaissent des boucles, des arrondis, des zones d'ombre tracées par la mine appuyée à plat sur la feuille, des formes ovoïdes, allongées, répétées, fines et plus larges, certains traits sont légers, à peine grisés, d'autres plus foncés, là où la mine appuie plus fort et fait naître des astres, des météores, de hautes ramures, des ventres de nuages et, à travers ceux-ci, des clartés, des éclats, des plages de lumière *je vous accompagne depuis si longtemps monsieur, je vous accompagne sur les sentiers et sur les routes, à travers les forêts, les prairies, à travers les rues dans les villes, aux bords des rivières, sur les chemins le long de la mer. J'étais près de vous quand vous avez fait cette chute et que vous avez déchiré votre visage. Je suis dans votre maison, près du feu, je suis avec vous devant la fenêtre qui donne sur l'été, sur le soleil qui éblouit, sur les feuilles brûlées de lumière. Je suis à table auprès de vous, près de vous quand vous êtes dans votre lit. Quand vous dessinez, quand vous ajoutez des couleurs sur le papier, je suis tout près aussi.*

Sur la feuille, le portrait prend forme peu à peu mais lui regarde à peine le dessin, il se concentre sur le rythme des paroles de l'Envolée, sur les vagues qu'elles font monter en lui ; il n'en saisit pas le sens, pourtant il ne s'arrête pas pour chercher à comprendre, il sent que s'il s'arrêtait pour écouter, s'il concentrait son attention sur le flot de paroles, il finirait par penser que tout ce que raconte la jeune fille est déraisonnable, il sent que s'il écoutait avec attention, le rythme se perdrait, s'éteindrait, et sa main ne saurait plus poursuivre le dessin.

L'Envolée continue de parler et comme dans un rêve éveillé il suit la marée montante de paroles, elles s'en vont bousculer les choses autour, la réalité dehors et dedans, et sa main, emportée par la houle, trace une série de traits encore, deux sourcils très noirs, ils étendent leurs ailes au-dessus de la pierre brillante des yeux ; c'est à peine s'il se rend compte à cet instant que le portrait est terminé.

46

Le portrait était terminé, il a tendu la feuille à l'Envolée. La jeune fille a contemplé un court instant le dessin, son visage est devenu lumineux
oh! C'est cela! C'est exactement cela que je voulais! Merci, monsieur! Merci!

Elle a montré l'image à ses parents, l'a regardée encore, tout sourire comme une enfant comblée ; elle répétait, sans quitter des yeux la feuille
merci monsieur – merci!

Lui ne comprenait pas pourquoi ce portrait, encore plus étrange que tous ceux qu'il avait faits jusque-là, encore plus illisible, embrouillé lui semblait-il, pourquoi ce portrait, à l'intérieur duquel le visage était à peine reconnaissable, donnait tant de joie à la jeune fille
merci encore, merci pour tout!

Il a répondu que ce n'était rien, c'était si peu.

Il avait fini son travail, il n'avait plus rien à faire dans la chambre. Il a salué l'Envolée, rangé ses affaires dans le sac mais, quand il a voulu se lever, il a senti un poids à l'intérieur de son corps, ses jambes étaient rivées au sol, il s'est aperçu qu'il ne lui était pas si facile de se lever ; il ne pouvait s'expliquer cette sensation, son corps soudain devenu si lourd ; il sentait que dans l'espace situé hors du rayonnement de la bougie, l'air était changé, ses bronches et ses poumons ne le reconnaîtraient plus, s'il sortait maintenant, s'il retournait dans le monde dehors, il risquait d'y étouffer ; ces sensations étaient sans doute insensées, pourtant, à cet instant, il était incapable de se lever, il lui était impossible de quitter la chambre, ce lieu excavé dans la roche du monde, cette cavité claire et protectrice – et il se demandait : combien de temps était-il resté à dessiner et à écouter l'adolescente ? En vérité, il ne le savait pas, il avait perdu la notion du temps. Il a tourné les yeux vers la fenêtre : de l'autre côté des carreaux, le monde semblait toujours à la nuit – mais de quelle nuit s'agissait-il ? Combien d'heures, combien de jours s'étaient écoulés depuis son arrivée dans la chambre de l'Envolée ?

Il a fait de grands efforts pour se détacher de la chaise, ses membres étaient engourdis, maladroits, il lui a fallu du temps pour retrouver les sensations dans ses pieds, dans ses jambes, ses épaules, ses bras, ses mains, pour retrouver ce qui faisait le lien entre sa volonté et la réponse de son corps, les mouvements les plus simples étaient devenus embarrassés ; il a fini par se lever tant bien que mal, comme un vieillard ou un très jeune enfant incapable encore de bien se tenir debout ; aussitôt il a été pris de vertiges, les choses autour se sont mises à basculer, à se renverser, il a dû se retenir des deux mains au dossier de la chaise

tout va bien monsieur ? Vous vous sentez bien ?

Les parents étaient près de lui, le père a passé un bras autour de ses épaules pour l'empêcher de flancher, d'aller rouler sur le sol, il a attrapé le sac

on dirait bien que ce travail vous a épuisé monsieur. Peut-être voulez-vous vous reposer un instant ? Est-ce que vous voulez boire ou manger quelque chose avant de repartir ?

Assis dans la cuisine, au rez-de-chaussée, il buvait le verre de vin sucré servi par la mère. Il a remercié les parents de l'Envolée, s'est excusé pour le dérangement, a déclaré qu'il se sentait mieux, que ce n'était sûrement qu'une fatigue passagère. Le père a proposé de le raccompagner, lui a poliment refusé.

Sur le seuil de la maison, avant de se séparer, le père lui a donné une enveloppe. À l'intérieur, la somme était bien supérieure à tout ce qu'il pouvait espérer ; avec cet argent, il pourrait garder la cabane encore deux mois au moins.

47

Le flot des paroles de l'Envolée avait bousculé jusqu'au réseau de ses nerfs, comme le débordement d'un torrent traverse une maison et bouleverse jusqu'à ses moindres recoins.

Les jours qui ont suivi sa rencontre avec l'adolescente, il lui est arrivé plusieurs fois de ne plus reconnaître les réactions de son corps ; il se retrouvait soudain, sans pouvoir se rappeler par quel moyen, en un lieu assez éloigné de la cabane, sur le chemin des falaises, ou perché sur un haut rocher. Au milieu de la nuit, il ouvrait les yeux et se découvrait debout à trois pas du matelas, le corps tourné vers la fenêtre. Il se surprenait souvent les yeux baissés, à considérer le dos de sa main, il ne le reconnaissait pas, il était profondément étonné de le trouver là, comme une énigme à déchiffrer, déposé à un endroit si près de lui ; pendant de longues minutes, il ne pouvait pas se rappeler, il se demandait ce qu'était ce corps étranger à ses côtés.

Souvent, il se réveillait, sans s'être pourtant endormi, assis sur le banc devant la cabane, dans le vent froid, sous les bourrasques de bruine, les yeux perdus sur la découpe des roches et des arbres, sur l'horizon de ciel et de mer, sur le passage des nuages, le paysage devant lui était un alphabet nouveau.

Ses rêves étaient violents. Au matin, il se souvenait surtout des lumières et des couleurs, et de la façon dont elles avaient déchiré sa nuit.

Il y avait un décalage entre lui et la réalité autour, les sons et les odeurs en étaient changés. Sons et odeurs produisaient des signes, il les reconnaissait parfois avec une facilité déconcertante, comme lors d'un rêve fait dans l'éveil. Il croyait reconnaître des significations ; il comprenait les odeurs montées de la terre le matin, celles de décomposition venues des sous-bois près de la cabane, celles iodées et celles fauves encore, apportées de lieux éloignés où devaient vivre des bêtes ; et les bruits, les baies tombées sur le sol, les craquements des arbres, les souffles venus de la mer, les paroles des oiseaux lui paraissaient des formules, des appels, la poursuite d'une conversation. Il posait son pied sur le sol meuble et s'apercevait que l'empreinte était chaque fois à côté.

Peu à peu, cependant, l'écart devenait moins sensible, sa présence, lentement, se réglait à nouveau sur le monde, sur les heures, sur les jours et les nuits. Il retrouvait sa netteté, ne trébuchait presque plus, les moments d'absence étaient plus rares. Pour dissiper le flou qu'il sentait encore, il passait ses journées et une bonne partie de ses nuits à dessiner et peindre, ne s'arrêtait que pour ses besoins les plus pressants, pour boire et manger, dormir. Parfois, il était pris de tremblements inexpliqués, la terre faisait monter des frissons en lui, comme d'un froid étrange, qui n'était pas celui du dehors, pas celui de l'hiver commençant mais une froideur intime, passée d'une peau contre l'autre.

Il était dans cet état de fébrilité quand, une dizaine de jours après la soirée passée auprès de l'Envolée, le père est revenu à la cabane. Il apportait une nouvelle enveloppe et dans celle-ci il y avait encore de l'argent

vous avez guéri ma fille !
il lui a mis l'enveloppe entre les mains
ceci est pour vous remercier, c'est un bien maigre remerciement, ce n'est pas assez, ma femme et moi nous le savons, mais nous tenions à vous remercier encore, vous avez accompli un miracle, un vrai miracle, monsieur !

Lui ne comprenait pas, le père a alors raconté : depuis le soir du portrait, le comportement de leur fille avait changé. Elle était devenue plus gaie, plus agitée qu'à l'accoutumée, elle parlait sans arrêt du dessin, répétait qu'elle l'attendait depuis si longtemps ; elle l'avait épinglé sur le mur au-dessus de son lit. Les jours suivants, elle avait parlé de faire des promenades, d'aller voir des camarades à Maindon, et hier midi, sa femme et lui étaient à table, ils ont entendu des bruits à l'étage, les bruits que fait quelqu'un quand il marche, ils se sont précipités et ont découvert leur fille, elle était levée, elle venait de sortir de sa chambre et lentement, avec mille précautions, elle descendait l'escalier
vous l'avez guérie monsieur ! C'est elle-même qui le dit : c'est votre portrait qui lui a donné le désir de quitter son lit, de sortir de sa chambre !

Le père avait les joues très rouges, il riait et parlait avec excitation, des mèches de ses cheveux volaient en l'air comme des herbes folles.

48

Le récit de la guérison de l'Envolée a fait le tour de la région. Quelques semaines après la seconde visite du père à la cabane, tous les habitants de Maindon, des villages et des hameaux voisins étaient au courant du miracle, ils se racontaient les détails, inventaient la soirée passée entre l'Envolée et le peintre défiguré. Chez certains, cela prenait une tournure fabuleuse, hérétique, ils racontaient que, ce soir-là, une lumière avait traversé les espaces, traversé la nuit, était entrée par la fenêtre dans la chambre de l'Envolée, un rayon d'or était tombé entre elle et le peintre, s'était posé sur la feuille, et c'était lui, le rayon d'or, qui avait fait apparaître le portrait sur le papier. Cette histoire de miracle a pris de telles proportions qu'un dimanche, peu après l'Épiphanie, le prêtre de Maindon est monté en chaire pour faire un long sermon contre les délires profanes, contre les idolâtres et tous les veaux d'or ; il fallait s'en méfier comme du plus dangereux poison, ils étaient de malfaisants, de mortels mensonges, ils insultaient Dieu de la pire des façons.

Mais le récit était venu, il s'était enraciné dans l'esprit des gens, aucun sermon ne pouvait plus l'en déloger. Les gens savaient que le portrait avait fait un miracle. Le récit de la rencontre entre le peintre au visage déchiré et l'Envolée, du portrait dessiné suivi de la guérison de la jeune fille, ce récit, par son évidence et sa simplicité, était une vérité pour les habitants de Maindon et des environs, et cette vérité était connue jusque loin sur la côte, loin dans les terres. Près d'eux s'était manifesté le mystère.

Nombreux aussi étaient les délateurs qui savaient et répétaient à ceux qui voulaient bien écouter que le peintre défiguré tenait caché, quelque part dans sa cabane, qu'ils appelaient *son antre*, le pacte signé rouge avec le diable.

49

De premières demandes sont arrivées. Tôt un matin, une femme a frappé à la porte de la cabane, aussitôt devant lui elle a commencé à réciter
s'il vous plaît monsieur, vous voulez bien venir faire un de vos portraits ? Ce serait si utile monsieur, vous savez, on en aurait bien besoin à la maison. On est prêt à payer le prix qu'il faut, le prix que vous demanderez.

Deux jours plus tard, un vieil homme s'est présenté, le chapeau froissé entre les mains
est-ce que vous seriez d'accord pour nous rendre une visite ? Oh, pas longtemps, c'est pour mon petit-fils, voyez, pour faire son portrait.

Bientôt, les demandes sont devenues quotidiennes et de plus en plus pressantes. De tous les villages et hameaux, parfois de loin, plusieurs journées de route, on venait jusqu'à la cabane pour demander un portrait, presque toujours celui d'un enfant. Les premières fois, il a refusé, a expliqué que ce ne serait sûrement pas d'un grand secours mais les gens revenaient, réclamaient encore ; il finissait par dire *oui* et aussitôt les visages s'éclairaient, son seul *oui* repoussait déjà le mal. Il prenait ses affaires, accompagnait les gens, se rendait dans les maisons, découvrait là des êtres chétifs, pâles ou la peau très jaune, toussant sous leurs couvertures, les lèvres crevassées, la respiration sifflante, la bouche sans arrêt ouverte, petit gouffre noir sur l'oreiller. Il découvrait, entre les couvertures et les draps, des corps malingres, rabougris, des visages d'enfants parfois ridés comme ceux de très vieux. Il y avait tant de maisons qui abritaient de ces corps pris de maladies, et les docteurs étaient trop chers ou ne savaient pas comment s'y prendre pour les guérir.

Lui s'installait auprès des malades, leur demandait de parler, de raconter ce qu'ils voulaient, ce qui leur passait par la tête, s'ils en étaient capables, si cela ne leur faisait pas trop de mal, puis il commençait à dessiner. La séance durait une heure ou deux, rarement plus. À la fin, il donnait le portrait au malade ou à la famille, les gens alors le payaient, lui donnaient ce qu'ils pouvaient, le plus souvent de l'argent mais aussi de la viande ou des poissons séchés, des légumes ou des fruits secs, parfois des œufs, une bouteille d'eau-de-vie, de vin d'orange, une poule, un lapin.

Les gens venaient aussi le chercher pour des adultes. Il les accompagnait jusqu'à des chambres sombres, aux volets éternellement fermés, et là il dessinait le portrait de très vieilles femmes, de vieillards, ou de femmes et d'hommes encore jeunes mais épuisés de maladies.

Un jour de printemps, un habitant du hameau de Sainte-Buiz lui a demandé de l'accompagner pour faire le portrait de l'une de ses vaches. Ils se sont rendus tous les deux dans l'étable, ont trouvé la bête allongée, elle ne pouvait plus se tenir debout, son ventre était enflé, parcouru de veines grosses et pâles, mais son dos était si maigre qu'on n'y voyait plus que les os et le cuir. Lui s'est assis près d'elle, adossé contre la barrière qui fermait l'enclos, et il a sorti de son sac une feuille et un crayon. Il a passé l'après-midi près du corps soufflant de la vache, ses yeux à lui dans ses grands yeux à elle, son regard à lui dans les surfaces noires des pupilles de l'animal, dans l'étonnement et la patience qu'il y lisait, dans la douleur aussi, parfois, qui les traversait. Il a tracé la forme du museau osseux, le long ovale du visage. Le soir tombait dans l'étable, l'homme a apporté une lampe, l'a posée entre l'animal et le peintre, et lui a repris son dessin. La vache fermait les yeux, elle appuyait son museau contre le sol. De temps à autre, elle relevait son visage vers lui, vers cet homme assis, jambes croisées, tout près d'elle, elle soufflait bruyamment par les naseaux puis recouchait son museau sur la dalle. Il lui a fallu plusieurs heures pour terminer le portrait. Le paysage à l'intérieur était très sombre, effilé de traits clairs, multipliés comme une prairie d'herbe sous une averse violente. Les grands yeux par-dessus étaient une nuit double, envahie d'astres aux formes contondantes.

Pour paiement du portrait, l'homme lui a donné un jambon entier.

50

Plusieurs fois par an, quelle que soit la saison, on vient le réclamer pour de nouveaux portraits. Lorsque le malade est capable de supporter la fatigue du voyage, on le transporte jusque chez le peintre ; lui travaille alors à l'intérieur de la cabane ou, aux beaux jours, il va s'asseoir sur le banc auprès de son modèle et dessine dehors. Le plus souvent, il doit quitter sa maison et accompagner ceux qui le réclament. Lorsque les familles habitent trop loin, elles lui offrent le gîte et le couvert. Il connaît maintenant tous les villages et les hameaux de la région, aussi certaines maisons à l'écart des routes, bâtisses et fermettes perdues dans le pli des vallées, accessibles seulement par des voies de charrue que l'herbe haute dissimule.

Il lui arrive, parfois, d'ajouter des couleurs aux portraits – des ombres bleues, des touches virides, des traces de ciels rouges.

Certains reviennent à la cabane, ils apportent à nouveau de l'argent, des cadeaux : le malade se sent beaucoup mieux, l'enfant est presque guéri

vous l'avez sauvé monsieur ! Vous l'avez sauvé !

Ils tombent à genoux, lui attrapent les mains, les embrassent, les inondent de larmes. Cela lui donne des haut-le-cœur. Avec le plus de douceur possible, il leur demande de se calmer, de se relever ; eux, alors, deviennent plus frénétiques, ils se jettent à son cou, embrassent sa joue pleine, embrassent sa plaie *que Dieu vous bénisse, monsieur, que Dieu vous bénisse mille fois ! Vous êtes un saint ! Vous êtes notre sauveur !*

Ces épanchements le dégoûtent contre lui-même mais il ne peut rien faire pour les empêcher, il n'a pas d'autre choix que de les supporter.

Il croit que ses petits tableaux n'ont jamais eu le don de guérir qui que ce soit, toute cette histoire est un malentendu, une imagination délirante, une fièvre partagée, mais il a beau le répéter, personne ne veut l'entendre. Personne ne veut laisser échapper la possibilité du miracle.

Il croit aussi que son visage impressionne, les guérisons paraissent plus extraordinaires encore, accomplies autant par ses portraits que par sa face rognée, décharnée, car celle-ci contient, doit sûrement contenir, dans son creusement, dans ses replis de chair, le miracle en germe.

Il pense aux autres malades dont il a dessiné le portrait, à ceux dont il n'entend plus parler, qui n'ont sûrement jamais guéri. Il pense à eux, à leurs corps qu'il imagine plus maigres encore, recroquevillés davantage sous les couvertures. Il rêve souvent à leur immobilité, à leur poids presque insensible. Dans son sommeil, il visite leurs chambres, s'approche de leurs lits, soulève les draps et découvre leur corps réduit, leur peau devenue noire contre les os, leurs jambes, bras, mains, tête soudés ; il se réveille envahi de nausée.

51

Il arpente le pays, sac sur l'épaule.

À pied, en voiture, il longe la côte, de Saint-Timon à Bout-Trois-Côtes. D'autres fois, il voyage au nord, loin à l'intérieur des terres, jusqu'à la petite ville de Val d'Aunesse. Il passe les montagnes, dort chez l'habitant, parfois dans des chambres d'auberge, d'autres fois il fabrique des campements avec ceux qui l'accompagnent. Après trois ou quatre jours de routes, de chemins, de sentiers et de vires, il entre dans des hameaux qui ont à peine un nom, bâtis contre la paroi de roche. Il découvre quelques maisons qui ressemblent à ces niches où vivent les oiseaux des falaises. La parole, dans ces maisons, est autre. Lui et les familles qui l'accueillent s'adressent surtout par gestes, par signes. Elles le conduisent dans des chambres troglodytes. À l'extrémité du lit où est alité le malade, une ouverture profonde a été taillée dans la pierre, elle donne sur le vide.

Dans ces hameaux reculés, séparés du reste du pays, du commerce avec les autres villages, la ferveur est plus forte qu'ailleurs, les familles au complet se réunissent autour de lui, les enfants, les parents, les aïeuls, et lui fait le portrait dans cette compagnie recueillie, même les nouveau-nés, assis sur les genoux des mères, ne bougent pas, ne bronchent pas ; ce qu'il voudrait faire alors, comme il regarde chacun assis sagement, c'est peindre à leur tour ces visages, dessiner les yeux de ces gens-là, leurs regards où brillent une dévotion discrète, une intelligence venue autant du ciel que de la terre, il voudrait savoir quels paysages se révéleraient alors sur la feuille s'il dessinait ces gens.

Il accepte tous les présents en paiement du portrait. Souvent, il reste pour la nuit puis, tôt le lendemain, il rentre chez lui.

Il retrouve la cabane. Il dépose ses affaires sur la table, se prépare un café, coupe un morceau de pain et de lard, il va s'asseoir sur le banc ou reste à la fenêtre. Plus tard, il reprend les crayons, les pinceaux, sort de nouvelles feuilles, il dessine pour lui des portraits tirés des rencontres, des souvenirs.

Il se couche puis se lève, il vit ici maintenant, c'est ici qu'il côtoie le très blanc, l'éclat des matins, les mains d'ombre des heures, le rouge des soirs, la rondeur du temps.

C'est ici que son pas se règle – tant bien que mal, parfois encore avec hésitation – sur la marque qu'il porte dans la terre.

Ici, près du bleu.

52

Il ne fera pas le portrait de Bleu.

Plus tard mais pas encore, il préparera le très-petit pour la route jusqu'au couvent de Saint-Hilaire. Il l'emmaillotera dans la couverture bleue, lui donnera un colifichet qu'il aura fabriqué le matin même, avant le réveil de l'enfant, une poupée ronde, cousue dans un chiffon, le corps rempli de bourre. Il emportera de l'eau, du pain et des tissus propres. Après avoir mangé, ils sortiront de la cabane, lui tiendra l'enfant dans ses bras, contre son épaule, l'enfant propre, langé, changé. Ils tourneront le dos à la mer et rejoindront la route de Vizan.

La matinée sera ensoleillée, le chemin facile, Bleu ne dormira pas malgré les secousses de la marche régulière, il babillera tout du long. Après une heure de route, lui aura chaud, remarquera les joues roses de l'enfant, la sueur fine sur ses tempes et son front, il s'assiéra un instant sur une pierre pour dégager Bleu de la couverture, il pliera celle-ci, la rangera avec les autres affaires dans le sac. Ils boiront de l'eau de la gourde, mangeront du pain puis ils repartiront sur la voie large à cet endroit, entre les champs, les prés, les ravins, les versants des collines. Bleu jouera avec une mèche de ses cheveux à lui, se tournera et lancera ses mains en l'air, cherchera à attraper les lumières, les vols invisibles.

Les montagnes apparaîtront après un virage, il apercevra Vizan au loin, le clocher et les toits serrés dans la vallée, ils prendront un chemin à main droite, une voie à travers des bois, s'engageront dans une descente, il marchera encore plus d'une heure, passera un ru ; quelques centaines de mètres plus loin, passé une montée raide, apparaîtra le terrain découvert avec, au centre, derrière une haie de pins, le couvent de Saint-Hilaire.

La mère supérieure les accueillera au portail. Sous la coiffe, il remarquera les yeux bleu très pâle de la vieille femme, il remarquera aussi les veines nombreuses sur ses longues mains, ses ongles courts et noirs de terre. Il racontera l'histoire, la découverte de Bleu sur la route entre Vizan et Maindon. Avec délicatesse, la mère supérieure prendra l'enfant entre ses bras, elle prendra aussi la couverture et la poupée de chiffon qu'il aura sorties du sac et elle emportera enfant, couverture et poupée à l'intérieur du couvent. Il la suivra, passera dans l'ombre froide, remarquera les religieuses occupées dans le jardin et les galeries, la mère supérieure appellera, les sœurs s'approcheront au pas de course, une course légère sur le sol de pierre, il verra alors l'enfant passer entre leurs mains, le petit corps soulevé dans la pénombre du cloître, emporté par au moins dix figures qui, à tour de rôle, le berceront, lui retiendront la tête, lui passeront les paumes, les doigts, parfois le nez sur le ventre, dans le cou, sur le dos, il entendra des froissements, des rires, des exclamations. Dans l'obscurité entre les piliers, il saisira les mouvements des silhouettes autour de l'enfant. Il apercevra le petit corps soulevé à nouveau, passé à une sœur, la plus éloignée, du côté opposé de la galerie ; en se mettant sur la pointe des pieds, il verra encore une fois Bleu, là-bas, enveloppé un instant par la lumière venue du jardin, l'enfant tenu en l'air par la figure sombre, dont seules les mains ressortiront dans la clarté ; le corps, le visage de Bleu, là-bas, si parfaitement illuminés – puis l'enfant disparaîtra par une ouverture noire au fond, une pièce basse, absolument obscure, et lui plissera les yeux pour voir, encore, ce qui sera hors de vue.

53

Mais cela se passera plus tard – l’enfant confié aux sœurs de Saint-Hilaire –, cela aura lieu demain.

Maintenant, il est assis près de Bleu allongé sur sa couverture dans le pré devant la cabane, l’enfant vient de se réveiller, il joue avec une herbe dont la tête penche et lui effleure l’avant-bras. Au ciel, des nuages se rassemblent, leurs ventres gris se déchirent contre la pointe de terre avancée sur l’horizon de mer
et si nous allions la voir? Si nous allions voir la mer, hein? Qu’est-ce que tu en dis, Bleu? On y va?

L’enfant tourne la tête à l’appel de son nom, le regarde droit dans les yeux.

Il soulève le petit, l’enveloppe dans la couverture de laine, le serre contre lui. Le vent est plus fort, les têtes des chênes s’agitent contre le ciel pâle. Bientôt la bruine commence à tomber, il ne la sent pas mais aperçoit les traits fins filer obliques devant lui.

Bleu serré dans la couverture, pressé contre sa poitrine, ils descendent la pente et rejoignent le muret de roches. Depuis la cabane, il n’est pas possible d’aller tout droit pour rejoindre la mer, il faut tourner à gauche, passer sous les pins, longer un moment le chemin des calanques, passer au bord des falaises abruptes. Il y a une voie plus loin, après vingt minutes de marche, un sentier creusé où les pierres tiennent solidement, on peut s’y fier et descendre par là, il faut seulement avancer avec beaucoup de précaution, faire attention à ne pas se prendre le pied dans le piège d'une racine découverte ou dans une faille, veiller à ne pas prendre appui sur une pierre mal fichée dans le sol. Parvenu en bas, on peut alors rejoindre un chemin plus large, plus facile, qui traverse une pinède. La mer est invisible à cet endroit, mais elle est là, toute proche : on entend sa respiration. Le chemin fait des tours, des détours, il faut un peu de temps pour atteindre les premières roches qui ferment la crique et la plage. Bleu et lui sont ici maintenant, en route sous les branches des pins, à une centaine de mètres de la mer. Ils entendent son souffle continu et doux, elle est si près mais ils ne la voient pas, elle est par-delà quelques virages encore, passé des hauteurs, des dunes couvertes d'aiguilles.

L'enfant et l'homme sont seuls sur le chemin. Personne ne les voit avancer entre les pins. L'homme porte l'enfant haut sur son épaule, la petite tête dodeline, elle penche et bascule dans la partie creuse du visage de l'homme.

REMERCIEMENTS

Merci à Sophie Bogaert, Violaine Faucon et Kinga Wyrzykowska, premières lectrices du texte. À Arnaud Friedmann pour ses conseils avisés. À Mariette Navarro pour sa lecture et son soutien si précieux. Sans eux, aucune gueule ni moitié.

Az, Morgane - ***L'autre part***
Fahmi, M.– ***La Promesse de Juliette***
Gurnah, Abdulrarak – ***Paradis***
Mulciba, Basile - ***Hors saison***
Reiss, Benoît – ***Gueule Demi***
Rivera Letelier, H.– ***L'Autodidacte, le Boxeur et la Reine du Printemps***

ÉDITION : SOPHIE BOGAERT
GRAPHISME DE COUVERTURE : MEANINGFUL
MISE EN PAGES ET FABRICATION : FORMAT TYGRE

CET OUVRAGE A ÉTÉ ACHEVÉ D'IMPRIMER
EN JANVIER 2023 PAR L'IMPRIMERIE LABALLERY - N° 301015

DÉPÔT LÉGAL : MARS 2023

(IMPRIMÉ EN FRANCE)